K. Wolfgang Westphal

Memorial

K. Wolfgang Westphal

MEMORIAL

Projekte-Verlag

Impressum

1. Auflage
Satz und Druck: Buchfabrik JUCO GmbH • www.jucogmbh.de

© Projekte-Verlag 188, Halle 2005 • www.projekte-verlag.de
ISBN   3-938227-47-8
Preis: 12,50 EURO

HINWEIS

Statt eines eigenen Vorwortes sollen dieser kleinen Sammlung von Merkwürdigkeiten einige Zeilen von Heinrich Heine aus der Vorrede – „*Über die Vaterlandsliebe*" – zu den Memoiren des Herrn von Sch. vorangestellt werden, da an dieser Stelle nichts Treffenderes gesagt werden kann.

„Ich rate Euch, Gevatter, laßt mich auf Eu'r Schild keinen goldenen Engel, sondern einen roten Löwen malen; ich bin mal dran gewöhnt, und Ihr werdet sehen, wenn ich Euch auch einen goldenen Engel male, so wird er doch wie ein roter Löwe aussehen."...

Und diese Vorrede, die für sich ein von schmerzvoller Ironie und tiefer Menschenliebe durchtränktes literarisches Kabinettstück darstellt, sie schließt:

„Die goldenen Engelsfarben sind seitdem auf meiner Palette fast eingetrocknet, und flüssig blieb darauf nur ein schreiendes Rot, das wie Blut aussieht, und womit man nur rote Löwen malt."

Der geliebte Poet und Schriftsteller H. H. folgt jedoch in den erwähnten fragmentarischen Memoiren durchaus nicht nur dem blutroten Rezept, vielmehr beschert er uns Einsichten und Ansichten, Abschweifungen, Histörchen, gemischt mit Lyrismen, Improvisationen, kurz: in seinem kleinen Werk bietet er uns einen Strauß aus vielerlei Blumen, auch stachligen Zweigen. – Mit den Texten in dem vorliegenden Büchlein, darunter vielen geborgten, steht es ähnlich. Es ist Rotes darunter, etwas Veilchenfarbenes neben Grünzeug und anderem – sie bilden kein Ganzes, es sind nur Ranken aus einer wechselvollen Welt der Gedanken.

1.
EIN NOVEMBER IN PARIS

Wir schrieben den November des Jahres 1956, als ich mit Freunden mir erstmals den Wunsch erfüllen konnte, Paris zu besuchen, diese Stadt voller Wunder, die das Ziel so vieler Sehnsüchte und Erwartungen war.

Aber in diesen Wochen war die Welt auch voll gespannter Unruhe, denn russische Soldaten und Panzer mordeten in Ungarn, während andere Parteiungen sich stritten über Recht und Unrecht im Konflikt um den Suezkanal. Franzosen und Briten nannten das Geschehen eine rechtmäßige Intervention, die Stimmen anderer Völker nannten es einen imperialistischen Krieg gegen das schwache Ägypten.

Meine Freunde und ich hatten die Stadt in vielen Richtungen durchkreuzt, Montmartre und das Quartier Latin auf unsere Weise genossen und in billigen Bistros die Atmosphäre aufgesogen, natürlich auch Notre Dame besucht und den unsere Vorstellungen übertreffenden Louvre.

An einem der nächsten Tage war das Hotel des Invalides unser Ziel, dieses einzigartige Symbol für die heroischen Epochen der französischen Nation. Zu unserer Überraschung fanden wir aber den Dom geschlossen. Polizeiposten an den Türen verwehrten den Eintritt, und mehrere Mannschaftswagen mit flackerndem Blaulicht ließen erkennen, daß etwas Außerordentliches vorgefallen war.

Auf unsere Fragen erhielten wir keine Antwort, und erst am folgenden Tag erfuhren wir in reißerischer Aufmachung aus den Schlagzeilen der Zeitungen: „Ein Spaßvogel zieht blank", „Yankee go home", „Amerikaner schändet Nationalheiligtum" und manch anderes.

Was war geschehen? Sehr farbig und durchaus unterschiedlich, je nach Seriosität und politischer Orientierung, schilderten die Gazetten, daß zwei Studenten der Universität Toronto, unwürdig und die Ehre der Grande Nation verletzend, sich an einem der bedeutendsten Monumente vergangen hätten, dem Ruhmesgrab Kaiser Napoleons.
Da der Zufall es uns versagt hat, bei diesem Drama – oder dieser Komödie – gegenwärtig zu sein, wir waren wohl eine Stunde zu spät an den Ort des denkwürdigen Geschehens gekommen, so teilen wir hier das Wesentliche mit aus dem authentischen Bericht des Reinhard S., einem der zwei beteiligten Studenten. In späterer Zeit war es uns gelungen, dieses Papier nach mühevollem Suchen ausfindig zu machen. Der Bericht lautet:

Ich war seit etwa einem Jahr mit Frank M. befreundet, wir waren im gleichen Studienjahr und hatten die gleichen Interessen. Er kam aus den Staaten herüber, ich selbst war in München zu Hause und hatte das Glück, mit einem Stipendium einige Semester in Toronto studieren zu können. Nach den gemeinsam besuchten Kursen über Philosophie und über Geschichte gerieten wir oft aneinander im Streit über Fragen von Gerechtigkeit, von Staatsmacht, auch von Krieg und Frieden zwischen den Völkern. Da die Historie der alten Welt viel aufregender war als diejenige Amerikas, war zwischen uns abgemacht, daß wir in den Ferien gemeinsam nach Europa reisen wollten, und es gab viele gute Gründe, daß wir Paris als unser Hauptziel wählten, außerdem noch Rom. Vielleicht der wichtigste Grund war, daß in Paris Verwandte meiner Mutter lebten, bei denen wir zusammen ein bequemes Unterkommen finden konnten, da es sich um eine ziemlich wohlhabende Verwandtschaft handelte.

In Rom hatten wir es wegen der großen Hitze nur wenige Tage ausgehalten, hingegen verlängerten wir unseren Aufenthalt in Paris über die Universitätsferien hinaus, zum einen wegen bestimmter Vorkommnisse bei meiner Verwandtschaft, vor allem aber, weil uns die Stadt Paris in ihren Bann schlug. Wir hatten auch allerlei Bekanntschaften gemacht, nicht zuletzt unvermeidliche Liebschaften, welche kleine Abenteuer nach sich zogen.

An einem Tag schlug Frank vor, das Hotel des Invalides ausführlicher zu besichtigen, er meinte, dort dem Atem der Geschichte auf besondere Weise nachspüren zu können. Wir waren beeindruckt von der Größe und Harmonie der gesamten Anlage, verweilten im Ehrenhof, und schritten zur Ludwigskirche. Die dekorativ angeordneten Fahnen, in siegreichen

Feldzügen erbeutet, verfehlten auf mich ihre verherrlichende Wirkung nicht, während Frank sich allerlei spöttische Anmerkungen erlaubte.

Den von den Architekten gewollten Höhepunkt des großen baulichen Ensembles bildet der Invalidendom, den wir als letztes betraten. Hier war der Eindruck auf uns noch stärker als vorher, und Frank zeigte eine auffallende Erregung.

Ich spürte seine Unruhe und Emotionalität, ohne daß ich weiteres ahnte. Da entfernte er sich wortlos von mir, eilte zur geheiligten Mitte des Raumes hin und stieg auf die Brüstung zur Krypta. Unversehens öffnete er dort seine Hose, nachdem er zu seiner Sicherheit noch einmal um sich geblickt hatte, und urinierte mit gesundem Strahl in die Tiefe der Gruft, wobei er jedoch den geheiligten Porphyrsarkophag verfehlte. Nach beendetem Geschäft sprang er zurück auf festen Boden, fluchte ein „Pereat" und winkte mir zu, ihm zu einer Besuchergruppe zu folgen, die in einer seitlich gelegenen Kapelle den Erklärungen eines Kustos zuhörte.

Ich war erschrocken und fasziniert zugleich. Frank hatte also mit seiner hilflosen und doch mutigen Aktion das wahr gemacht, was er früher schon einmal in unklaren Andeutungen in einem Augenblick der Leidenschaft geäußert hatte: Protest gegen einen vernunftwidrigen und verlogenen vaterländischen Kult. Napoleon – ruhmsüchtig, eitel und feige wie andere Potentaten auch – er übertraf viele andere an Zahl der Opfer:

erschlagen, zerstückelt, verblutet, erfroren – in Marengo, Abukir, Jena, Moskau, an der Beresina, auf dem Feld von Belle Alliance. Er hatte hunderttausende Tote auf seinem Gewissen – nein, ein Gewissen besaß er nicht. Schande!

Bei diesem einmaligen Geschehen war es mir entgangen, daß Frank aus entgegengesetzter Richtung von zwei entfernt stehenden Wächtern offenbar bemerkt worden war. Diese Männer, mit Mütze und in Uniform, die zuvor wohl ein Schwätzchen gehalten hatten, gingen mit entschiedenen Schritten auf ihn zu, spurteten gar die letzten Meter und packten ihn ziemlich heftig an den Armen, so daß für ihn ein Entkommen unmöglich war. Mein Freund war sich seiner Lage und Unterlegenheit bewußt, so daß er keinen Widerstand leistete, ja, ich nehme an, im Innersten seiner Seele herrschte sogar Einverständnis mit dem Ablauf des Geschehens. Frank wurde abgeführt zu einem Nebenraum, er war verhaftet.

Hier schließt merkwürdigerweise der Bericht von Reinhard S., so daß das Ende der Affäre nur aus den Zeitungen entnommen werden konnte. Einige größere Blätter brachten drei Monate später eine Meldung über das Gerichtsverfahren, das zur Verurteilung von Frank M. mit einer Freiheitsstrafe schloß, obwohl die Verteidiger nur einen Verweis für angemessen hielten wegen eines in jugendlichem Übermut begangenen Streiches. Aber die Öffentlichkeit nahm hiervon keine Notiz mehr, denn die Presse hatte schon wieder andere Schlagzeilen, die mehr Aufmerksamkeit und Profit versprachen.

Für uns, d.h. meine Freunde und mich, die wir im November 56 zusammen in Paris waren, fand dieses spannende Erlebnis erst seinen angemessenen Abschluß, als einer von uns Jahre später in Erfahrung brachte, daß eben jener Frank M. als Professor für neuere Geschichte an einer Universität im Westen Amerikas lehrte.

2.
DETTINGEN

Was hatten denn die Engländer im aufgeklärten 18. Jahrhundert mitten im Herzen Deutschlands zu schaffen, daß sie gezwungen waren, mit Soldaten unsere Felder und Wege zu zertrampeln?

Es war unausweichlich!

Schließlich hatten die Franzosen es gewagt, eben dieses zu tun, denn es war da zwischen zwei anderen Kriegen gerade einmal eine zeitliche Lücke, die es sinnvoll, d.h. heldenhaft militärisch, auszufüllen galt.

* * *

Uns Nachgeborenen bleibt, nachdem die Tränen der Vorderen über den Verlust der Gefallenen getrocknet sind, eine erhebende Frucht: Das DETTINGER TE DEUM, vom wirklich großen Georg Friedrich Händel, zum Ruhme des Sieges seines Königs im Jahr 1743 komponiert.

3.
VOR HUNDERT JAHREN

I.

Es gab eine gute alte Zeit,
in der die Dinge noch
ihre Ordnung hatten:

*„Jeder Hieb ein Brit',
jeder Stoß ein Franzos',
jeder Schuß ein Russ'."*

II.

Es gab eine gute alte Zeit, in der man sich dem Fortschritt nicht verschloß. So war es geboten, nach der Gründung des deutschen Kaiserreiches einheitliche Regeln für die Rechtschreibung des deutschen Wortschatzes festzulegen. Die „Zukunftsorthographie" des Gymnasialprofessors Duden gab die Leitlinie, nach der schließlich im Jahr 1901 auf einer Konferenz in der Hauptstadt Berlin Wissenschaftler aus den deutschen Landen, auch aus Österreich und der Schweiz, ein endgültiges Regelwerk beschlossen.

Dies war in der That – nein Tat – eine Leistung, denn statt Thür und Thor schrieb man jetzt einheitlich Tür und Tor.

Doch in Berlin residierte noch eine höhere Instanz. WILHELM, von Gottes Gnaden Deutscher Kaiser, König von Preußen etc. etc., er wünschte eine Ausnahme. Der ehrfurchtgebietende Stuhl, welcher ihm die hohe Würde verlieh, sollte auch weiterhin der THRON sein.

4.
NACHDENKEN ÜBER GESCHICHTE

ER gilt als einer der Großen in der deutschen Geisteswelt, der über den Gang der Geschichte wie folgt philosophierte:

Der einzige Gedanke, den die Philosophie mitbringt, ist aber der einfache Gedanke der Vernunft, daß die Vernunft die Welt beherrsche, daß es also auch in der Weltgeschichte vernünftig zugegangen sei. Diese Überzeugung und Einsicht ist eine Voraussetzung in Ansehung der Geschichte als solcher überhaupt ...

Wenn man nämlich nicht den Gedanken, die Erkenntnis der Vernunft, schon mit zur Weltgeschichte bringt, so sollte man wenigstens den festen, unüberwindlichen Glauben haben, daß Vernunft in derselben ist...

Die Wahrheit nun, daß eine, und zwar die göttliche Vorsehung den Begebenheiten der Welt vorstehe, entspricht dem angegebenen Prinzipe, denn die göttliche Vorsehung ist die Weisheit nach unendlicher Macht, welche ihre Zwecke, das ist, den absoluten, vernünftigen Endzweck der Welt verwirklicht ...

Die Weltgeschichte ist der Fortschritt im Bewußtsein der Freiheit – ein Fortschritt, den wir in seiner Notwendigkeit zu erkennen haben...

Die Einsicht nun, zu der die Philosophie führen soll, ist, daß die wirkliche Welt ist, wie sie sein soll, daß das wahrhaft Gute, die allgemeine göttliche Vernunft auch die Macht ist, sich selbst zu vollbringen. Dieses Gute, diese Vernunft in ihrer konkretesten Vorstellung ist Gott. Gott regiert die Welt, der Inhalt seiner Regierung, die Vollführung seines Plans ist die Weltgeschichte...

Der Staat ist die göttliche Idee, wie sie auf Erden vorhanden ist...

Denn die Weltgeschichte ist die Darstellung des göttlichen, absoluten Prozesses des Geistes in seinen höchsten Gestalten, dieses Stufenganges, wodurch er seine Wahrheit, das Selbstbewußtsein über sich erlangt. Diese Stufen zu realisieren, ist der unendliche Trieb des Weltgeistes ...

Und am Schluß seiner Gedanken, man wird bemerkt haben, daß hier von Hegel die Rede ist, nachdem er erklärt,

- daß der Staat auf Religion beruht,
- daß die protestantische Kirche sich vollendet in der Erhebung Preußens zur europäischen Macht,
- daß mit der katholischen Religion keine vernünftige Verfassung möglich ist,

liefert er noch die wahrhafte Theodizee:

*Nur **die** Einsicht kann den Geist mit der Weltgeschichte und der Wirklichkeit versöhnen, daß das, was geschehen ist und* *alle Tage geschieht, nicht nur nicht ohne Gott, sondern wesentlich das Werk seiner selbst ist.*

Diese staatstragende Lehre, im Gewande der Philosophie vorgetragen in den Jahren 1822 bis 1831, Lehrmeinung eines protestantischen Professors auf dem angesehensten Lehrstuhl der bedeutendsten Universität im Königreich Preußen, hat schon manche Zeitgenossen zum Widerspruch herausgefordert, sie wurde in ihrer anmaßenden Selbstgewißheit zu Recht der Lächerlichkeit preisgegeben.

Schopenhauer nannte diese Kathederphilosophie einen Unsinn *ohne Wahrheit, ohne Klarheit, ohne Geist, dazu noch im Gewand des ekelhaftesten Galimathias.*

Der denkbare Einwand gegen dieses vernichtende Urteil, hier habe ein konkurrierender Zunftgenosse aus Neid über die fehlende eigene Anerkennung gesprochen, zählt wenig, denn man erinnert sich, daß auch Kierkegaard, Heine und andere sich gegen Hegel stellten.

Und Nietzsche sagt:
Ich glaube, daß es keine gefährliche Schwankung oder Wendung der deutschen Bildung in diesem Jahrhundert gegeben hat, die nicht durch die ungeheure, bis diesen Augenblick fortströmende Einwirkung dieser Philosophie, der Hegelischen, gefährlicher geworden ist. Wahrhaftig, lähmend und verstimmend ist der Glaube, ein Spätling der Zeiten zu sein: furcht-

bar und zerstörend muß es aber erscheinen, wenn ein solcher Glaube eines Tages mit kecker Umstülpung diesen Spätling als den wahren Sinn und Zweck alles früher Geschehenen vergöttert, wenn sein wissendes Elend einer Vollendung der Weltgeschichte gleichgesetzt wird. Man hat diese Hegelisch verstandene Geschichte mit Hohn das Wandeln Gottes auf der Erde genannt, welcher Gott aber seinerseits erst durch die Geschichte gemacht wird. Dieser Gott aber wurde sich selbst innerhalb der Hegelischen Hirnschalen durchsichtig und verständlich und ist bereits alle dialektisch möglichen Stufen seines Werdens, bis zu jener Selbstoffenbarung, emporgestiegen: so daß für Hegel der Höhepunkt und der Endpunkt des Weltprozesses in seiner eignen Berliner Existenz zusammenfielen.

Weshalb nehmen wir heute noch Kenntnis von den Torheiten eines längst Verblichenen? Der Grund ist, daß dessen Stern in manchen deutschen Studierzimmern immer noch leuchtet, daß das (vermeintliche) Wirken der Vernunft oder des Weltgeistes in der Geschichte von manchen Zeitgenossen weiterhin tradiert wird. Dabei hätte doch in einer Epoche nach Kant eine Hegelei gar nicht mehr möglich sein sollen.

Zu bewundern bleibt. wie der das Gottesgnadentum seines Monarchen preisende Hegel sein Terrain zu sichern wußte, wie er sich in seiner residenzstädtischen Denkstube warm eingerichtet hat – viel weniger gemütlich hingegen erlebten größere Geister vor ihm die Wirklichkeit des Weltgeschehens: als Glut des Scheiterhaufens oder Kälte eines Kerkers.

An dieser Stelle ist noch an einen späteren großen Denker zu erinnern: Theodor Lessing erfaßte das Bewegende in der Geschichte unendlich viel tiefer und wahrer als jener Hegel. – Wir haben zu beklagen, daß Lessing den Kugeln brauner Schergen zum Opfer fiel.

5.
DAS GRUNDGESETZ

Der Knabe Johann Wolfgang Goethe fand ein Vergnügen daran, den Anfang bedeutender Bücher oder anderer Texte auswendig zu lernen. So wußte er auch vor einem häuslichen Publikum das Proömium der Goldenen Bulle in lateinischer Sprache aufzusagen. Die Bulle, das Grundgesetz des Reiches von 1356, auf Pergament mit goldgekapseltem Siegel ausgefertigt, sie hatte Gültigkeit über Jahrhunderte bis zum Untergang des Hl. Reiches und bestimmte, welche Rechte und Pflichten die Kurfürsten hatten und wie der römische König zu wählen sei.

In späteren Jahren ließ es Goethe nicht bewenden mit dem Zitat *„Omne regnum in se divisum desolabitur…"*. Seine juristisch gebildete Schlauigkeit und sein poetisches Genie liefern uns im zweiten Teil der Faust-Tragödie eine dramatische Paraphrase über das Zustandekommen der altertümlichen Ordnung, wie sie erhellender kaum gedacht werden kann. Uns wird auf der historischen Bühne vorgeführt, wie die weltlichen Kurfürsten belehnt werden und wie danach der Pfaff zur Heiligung von Kaiser und Reich in das förmliche Dokument sich noch einige abgepreßte Rechte zum eigenen Vorteil und dem der Kirche verschreiben läßt.

In unserer Zeit, Jahrhunderte später, in Deutschland unter einem anderen Grundgesetz, stellen wir verwundert fest, daß die Goldene Bulle ganz ausschweifend von Kaiser, König und den hohen Reichsständen handelt, daß das Volk jedoch keine Erwähnung findet, es sei denn, daß zur Absicherung bestehender Herrschaftsstrukturen bestimmt wird, daß die Rechte von Pfahlbürgern nichtig sind.

Die Empörung hierüber möchte man dem heutigen fortentwickelten Rechtsempfinden zuschreiben. Doch übersehen wir zu leicht, daß es schon im 18. Jahrhundert „modern" denkende unabhängige Geister gab. So lesen wir bei Voltaire zu dem Streit über die Pfahlbürger:

„*... Es handelt sich hierbei um etwas, das heilig ist. Die Obrigkeit wollte ihren Untertanen das wichtigste Recht rauben, das ein Mensch besitzt, nämlich seinen Wohnsitz selbst zu bestimmen, und zwar aus der Furcht, diese würden sie verlassen und in die freien Städte abwandern ...*"

Aber Voltaire läßt es nicht bewenden bei seiner Kritik an den in Nürnberg beschlossenen Kapiteln im Hauptteil der Goldenen Bulle. Er weist uns noch hin auf Pomp und Eitelkeit des Kaisers mit den ihn umgebenden hohen Herrschaften, begründet in dem Zeremoniell, welches in den Kapiteln XXVI bis XXVIII in aller Ausführlichkeit festgeschrieben ist. Diese Kapitel, die auf der folgenden Reichsversammlung in Metz dem Gesetzeswerk hinzugefügt wurden, geben wir hier in der Übersetzung des lateinischen Originaltextes wieder, zur Erinnerung und zum unmittelbaren Ergötzen.

Goldene Bulle Kap. XXVI

1. An dem Tage, da eine feierliche kaiserliche oder königliche Reichsversammlung abgehalten wird, sollen um die Zeit des ersten Stundengebetes die geistlichen und die weltlichen Kurfürsten zum Quartier des Kaisers oder Königs kommen, und dort soll der Kaiser oder König mit allen Herrschaftsabzeichen bekleidet werden, und nachdem sie die Pferde bestiegen haben, sollen alle mit dem Kaiser oder König sich zu dem Ort, der für die Sitzung hergerichtet ist, begeben, und zwar ein jeder von ihnen in der Ordnung und Weise, wie es oben in dem Gesetz über die Rangordnung der Kurfürsten bei Aufzügen ausführlicher bestimmt ist. Es soll auch der Erzkanzler, in dessen Amtsgebiet dies stattfindet, auf einem silbernen Stabe alle kaiserlichen oder königlichen Siegel und Petschafte tragen. Die weltlichen Kurfürsten aber sollen Szepter, Reichsapfel und Reichsschwert tragen, wie oben dargelegt ist. Es sollen auch unmittelbar vor dem Erzbischof von Trier, der an seiner Stelle einhergeht, erstens die Aachener und zweitens die Mailänder Krone getragen werden, dies aber nur vor dem Kaiser, der schon mit den kaiserlichen Infeln geziert ist. Die Kronen sollen von irgendwelchen Fürsten geringern Ranges getragen werden, die hierzu vom Kaiser nach Gutdünken bestimmt werden.

2. Auch die Kaiserin oder römische Königin soll mit ihrem fürstlichen Schmuck bekleidet hinter dem römischen König oder Kaiser und auch hinter dem König von Böhmen, der dem

Kaiser unmittelbar folgt, in angemessenem Abstand zusammen mit ihren Edelleuten und begleitet von ihren Hoffräulein sich zum Ort der Sitzung begeben.

Goldene Bulle Kap. XXVII

Wir verordnen, daß, wenn ein Kaiser oder römischer König seine feierlichen Reichstage abhält, auf denen die Kurfürsten ihre Erzämter verrichten oder ausüben müssen, dabei die hiernach beschriebene Ordnung befolgt werde.

1. Zum ersten, wenn der Kaiser oder König auf dem kaiserlichen oder königlichen Thron sitzt, soll der Herzog von Sachsen seines Amtes walten auf folgende Weise: Vor der Estrade, auf der der Kaiser oder König sitzt, soll ein Haufen Hafer aufgeschüttet werden, und zwar so hoch, daß er bis an die Brust oder den Brustriemen des Pferdes reicht, auf dem der Herzog sitzt. In der Hand soll er einen silbernen Stab und einen silbernen Scheffel halten, die zusammen zwölf Mark Silbers wiegen sollen, und auf dem Pferde sitzend soll er erstlich diesen Scheffel voll Hafer nehmen und ihn dem Diener, der zuerst kommt, reichen. Hierauf soll er den Stab in den Hafer stecken und davonreiten, und sein Untermarschall, nämlich der von Pappenheim, soll herantreten (oder, in seiner Abwesenheit, der Hofmarschall) und weiterhin den Hafer verteilen.

2. Wenn sich aber der Kaiser oder König zur Tafel begeben hat, sollen die geistlichen Kurfürsten, d.h. die Erzbischöfe, mit den übrigen Kirchenfürsten vor der Tafel stehen und den Segen sprechen nach der Ordnung, die ihnen dieserhalb oben vorgeschrieben ist. Nachdem der Segen gesprochen ist, sollen dieselben Erzbischöfe alle, sofern sie anwesend sind, andernfalls zwei oder einer, die kaiserlichen oder königlichen Siegel und Petschafte vom Hofkanzler empfangen, und indem der, in dessen Erzkanzlergebiet der Reichstag abgehalten wird, in der Mitte voranschreitet und die beiden andern sich ihm zu beiden Seiten anschließen, sollen sie die Siegel und Petschafte tragen, und zwar so, daß alle den Stab, woran dieselben befestigt sind, mit den Händen berühren, und sie vor dem Kaiser oder König ehrerbietig auf die Tafel niederlegen; der Kaiser oder König aber soll ihnen dieselben sogleich zurückgeben, und derjenige, in dessen Erzkanzlergebiet dies stattfindet, wie oben bemerkt, soll das große Siegel um den Hals hängen und bis zur Aufhebung der Tafel tragen und fürderhin, bis er wieder zu seinem Quartier kommt, wenn er vom kaiserlichen oder königlichen Hof reitet. Der vorerwähnte Stab aber soll von Silber sein und zwölf Mark Silbers wiegen, und ein jeder von den Erzbischöfen soll ein Drittel sowohl des Silbers als auch des Macherlohns bezahlen. Der Stab aber soll unverzüglich samt den Siegeln und Petschaften dem Kanzler des kaiserlichen Hofes überantwortet werden, damit er ihn nach seinem Belieben verwende. Nachdem aber derjenige, an den die Reihe gekommen ist, das große Siegel zu tragen, damit vom kaiserlichen Hof zu seinem Quartier zurückgekehrt ist, wie oben bemerkt, soll er das Siegel sofort durch einen von seinen Dienern zu Pferde dem vorgedachten

Kanzler des kaiserlichen Hofes zurücksenden; das Pferd aber soll er dem Hofkanzler schenken, wie es dem Ansehen seiner eigenen Würde und dem Wohlwollen, das er für diesen Kanzler hegt, gemäß ist.

3. *Hierauf soll der Markgraf von Brandenburg als Erzkämmerer zu Pferde heranreiten, silberne Becken mit Wasser, die zwölf Mark Silbers wiegen, und ein schönes Handtuch in den Händen haltend; und nachdem er vom Pferde gestiegen ist, soll er dem Kaiser oder römischen König Wasser zum Waschen der Hände reichen.*

4. *Der Pfalzgraf bei Rhein als Erztruchseß soll gleicherweise zu Pferde heranreiten und in den Händen vier mit Speisen gefüllte silberne Schüsseln halten, deren jegliche drei Mark wiegen soll; und nachdem er vom Pferde gestiegen ist, soll er sie zu dem Kaiser oder König tragen und vor ihm auf den Tisch stellen.*

5. *Danach soll der König von Böhmen als Erzmundschenk, ebenfalls zu Pferde, kommen und einen silbernen Pokal oder Becher, zwölf Mark an Gewicht, mit einem Deckel, gefüllt mit einer Mischung von Wein und Wasser, in den Händen tragen, und nachdem er vom Pferde gestiegen ist, soll er den Becher dem Kaiser oder römischen König zum Trinken darreichen.*

Goldene Bulle Kap. XXVIII

1. *Ferner soll der Tisch des Kaisers oder Königs so hergerichtet werden, daß er sechs Fuß höher stehe als die andern Tafeln*

oder Tische des Saales; an diesem Tisch soll außer dem römischen Kaiser oder König auf einem feierlichen Reichstag sonst niemand sitzen. Der Sitz aber und der Tisch der Kaiserin oder Königin soll ihm zur Seite im Saal gerüstet werden, dergestalt daß dieser Tisch drei Fuß tiefer stehe als der des Kaisers oder Königs und ebensoviel Fuß höher als die Sitze der Kurfürsten; diese Fürsten aber sollen ihre Sitze und Tische unter sich in einerlei Höhe haben. Unter dem Sitz des Kaisers sollen die Tische für die sieben geistlichen und weltlichen Kurfürsten zubereitet werden, und zwar drei zur Rechten und drei andere zur Linken und der siebente dem Antlitz des Kaisers oder Königs gerade gegenüber, wie es oben in dem Kapitel von der Sitzordnung der Kurfürsten von uns genauer bestimmt worden ist; auch soll sonst niemand, von welcherlei Würde oder Rang er wäre, zwischen ihnen oder an ihren Tischen sitzen.

6.
DIE HEILIGE RÖMISCHE KIRCHE

Das Heilige Römische Reich Deutscher Nation, untergegangen im Jahr 1806, umfaßte große Gebiete in der Mitte Europas. Weit ausgedehnter jedoch – und fortdauernd bis in unsere Zeit – erstreckt sich die Macht der katholischen Kirche, deren Wirkungsbereich schließlich die Erde umspannte. Sie wird von einem Papst regiert, von Rom aus – ausgenommen einige schillernde Aberrationen in der Vergangenheit.

Dies führt zu einer fast unendlichen und fesselnden Geschichte, von der hier an drei willkürlich ausgewählte Ereignisse, zugleich bedeutsame und charakteristische Aspekte, erinnert wird.

I.

Der geheiligte Gregor VII., Papst von 1073 bis 1085, verkündete in seinem „Dictatus Papae":

Niemand auf Erden kann über den Papst urteilen. Die Römische Kirche hat nie geirrt und kann bis zum Ende der Zeiten nie irren. Allein der Papst kann Bischöfe absetzen. Er allein hat das Recht auf die Reichsinsignien. Er kann Kaiser und Könige absetzen und ihre Untertanen von der Gefolgschaft dispensieren. Alle Fürsten müssen ihm die Füße küssen. Seine Legaten haben, selbst wenn sie nicht Priester sind, Vorrang vor allen Bischöfen. Ein rechtmäßig gewählter Papst ist ohne Frage ein Heiliger durch die Verdienste Petri.

Solch unheiliges Dekret voll von Machtgier kann gottesferner kaum gedacht werden, und es ist bis heute von der römischen Kirche nicht widerrufen worden. Es nimmt auch nicht wunder, daß es Gregor VII. war, der als erster den Gedanken eines Kreuzzuges zur Befreiung des Heiligen Grabes in die Welt setzte, und der kraft seiner Machtfülle den deutschen Kaiser Heinrich IV. mit dem Bann belegte.

II.

Pius IX., Papst von 1846 bis 1878, sanktionierte die auf sein Betreiben vom 1. Vatikanischen Konzil beschlossene Konstitution „Pastor Aeternus", welche die Unfehlbarkeit des Papstes feststellt mit den Worten:

Wenn der römische Papst ex cathedra spricht, das heißt, wenn er seines Amtes als Hirt und Lehrer aller Christen waltend in höchster apostolischer Amtsgewalt endgültig entscheidet, daß eine Lehre über Glauben oder Sitten von der ganzen Kirche festzuhalten sei, so besitzt er auf Grund des göttlichen Beistandes, der ihm im Hl. Petrus verheißen ist, jene Unfehlbarkeit, mit welcher der göttliche Erlöser seine Kirche bei endgültigen

Entscheidungen in Sachen des Glaubens oder der Sitten ausgerüstet haben wollte. Diese endgültigen Entscheidungen des römischen Papstes sind daher aus sich selber und nicht auf Grund der Zustimmung der Kirche unabänderlich.

Dieses Dogma der Unfehlbarkeit des Bischofs von Rom, erst so spät im Verlauf der Geschichte der katholischen Kirche verkündet, hat wegen der Absolutheit des Anspruchs einer einzelnen Person, die sich aus sich selbst heraus über alle anderen Bischöfe der Weltkirche erhebt, vielfältigen Widerspruch gefunden. Bedeutende katholische Amtsträger wurden wegen ihrer abweichenden Meinung exkommuniziert, anderen kirchentreuen Theologen wurde die Lehrerlaubnis entzogen, einige Staaten ergriffen politische Konsequenzen. Selbst einer der nachfolgenden Päpste, Johannes XXIII., relativierte scherzhaft und diplomatisch: „Ich bin nicht unfehlbar. Ich wäre unfehlbar, wenn ich ex cathedra spräche, was ich nicht vorhabe."

Das Geschilderte steht nicht für sich allein in jenem Pontifikat. Schließlich hatte Pius IX. auch schon aus eigener Vollkommenheit die „Unbefleckte Empfängnis Marias" zum Dogma erhoben. – Seine Selbstüberhöhung war sicher auch ein kompensatorischer Akt, um den endgültigen Verlust Roms als kirchlichen Staat zu verwinden nach der Eroberung der Stadt durch italienische Truppen und der Erhebung zur Hauptstadt des Königreiches Italien.

III.

Das schillernde Wirken von Pius IX. mag man aus tieferem Verstehen über den Gang der Geschichte im Archiv ablegen, die Hoffnung hegend, daß im folgenden Jahrhundert der Vatikan von anderen Gedanken und heilsbringenden Erkenntnissen geleitet sein würde. Jedoch das Unheilige zeigte sich – auf dem Hintergrund neuen Unheils in der europäischen Szene – zu vorher nicht zu ahnender Steigerung fähig. Es war Kardinal Pacelli, der in fußfälliger Bewunderung für Hitler mit der ihm eigenen Energie im Jahr 1933 das Konkordat zwischen dem Hl. Stuhl und dem Deutschen Reich zustande brachte, nebst einem geheimen Anhang, der eine schreckensvolle Zukunft schon implizierte. Und die im Jahr 1939 herrschende Stimmung der römischen Kurie erhob in einem kurzen Konklave eben diesen Pacelli zum neuen Papst Pius XII.

Was verkündete nun Pacelli als Papst der Welt? Es versteht sich, daß umfangreiche Aktenbände und Bücher im Vatikan von seinem christlichen Wirken Zeugnis geben. Aber die Menschen, die im 20. Jahrhundert einen epochalen Höhepunkt der Geschichte noch schmerzvoll erlebt und erlitten haben, sie bedrängt die Frage, was sagte dieser Pius zu dem einzigartigen Geschehen in der Mitte der vielfältigen Ereignisse der Zeit, zu dem Abgrund verwerflichen menschlichen Handelns, welcher so nie gedacht werden konnte?

Pius XII. schwieg. – Nicht ein einziges Dokument des Pontifex maximus hat sich ausdrücklich erklärt
- zu Hitlers Kriegen, Überfällen und Raubzügen,
- zum grauenvollen Morden der Nazis außerhalb der Kriegshandlungen an von ihnen aus ideologischer Verblendung bestimmten Volksgruppen,
- zu den nicht aufzählbaren gemeinen Untaten, die zu dieser Zeit nicht von deutscher Hand, aber von anderen Schergen im gleichen Ungeist vollbracht wurden.

Apologeten dieses Papstes verweisen hier gewöhnlich auf von ihm ergangene Enzykliken, Botschaften, Verlautbarungen etc. Doch diese reden in allgemeinen, verklausulierten, religiös verbrämten diplomatischen Wendungen am Kern des tragischen Geschehens vorbei, sie nennen das Grauen und die Täter nicht beim Namen, sondern schonen die Verbrecher.

Im Gefolge dieser vom Vatikan gezeigten Haltung hat das deutsche Episkopat für ein ganzes Jahrzehnt des Schreckens den Oberhirten in Rom noch übertroffen, indem es nun expressis verbis Ergebenheitsadressen, Glückwunschbotschaften, Treuebekenntnisse an den Staat und seinen Führer und Reichskanzler sandte, gar die Gläubigen zur Gefolgschaft, zur Hingabe draußen im Feld und daheim ermahnte, mit Gott für Führer, Volk und Vaterland.

Es waren dies die Bischöfe
Kard. Bertram von Breslau,

Kard. Faulhaber von München,
Kard. Schulte von Köln,
Ebf. Gröber von Freiburg,
Ebf. Klein von Paderborn,
Bf. Berning von Osnabrück,
Bf. Bornewasser von Trier,
Rakowski als Armeebischof
und all die anderen ...

Doch kaum war die deutsche Schreckensherrschaft vorüber, da sind es dieselben Eminenzen und Hochwürden, im Gefolge desselben Papstes, die den deutschen Führer, sein Regime und die in deren Namen vollbrachten Greuel in Botschaften, Hirtenbriefen und Erklärungen verdammen – nach dem Vorangegangenen ein grandioses Zeugnis jesuitischen Geistes.

Auch das zuletzt Gesagte ist im historischen Archiv abzulegen. Die glaubenstreuen Christen sind trotz allem voll guter Hoffnung für eine heilvollere Zukunft.

Das römische Christentum stellt sich in unendlich vielen Facetten dar, zelebriert und praktiziert vom höchsten Klerus. Ein Anderes ist der Geist eines christlichen Christentums: es verblieb dem niederen Klerus, wahren Segen auszuteilen und mit Hingabe unter den Menschen in deren Nöten zu wirken.

7.
ZWEI WAHRHEITEN

I.

Der Theologieprofessor Dr. Jozef Tiso, Ministerpräsident der autonom gewordenen Slowakei innerhalb des Tschechoslowakischen Staates, reiste von Hitler gerufen im Flugzeug am 13. März 1939 nach Berlin, um die völlige Unabhängigkeit seines Landes nach den Maßgaben der deutschen Regierung zu vereinbaren.

Der neu gebildete selbständige Staat ernannte Tiso zu seinem Präsidenten, und dieser verkündete alsbald:
„Katholizismus und Nationalsozialismus haben viel Gemeinsames und arbeiten Hand in Hand für die Verbesserung der Welt." – Durch den zu eben dieser Zeit inthronisierten Papst Pius XII. erfuhr die Slowakei umgehend die Anerkennung als souveräner Staat, und dessen Präsidenten wurde der Rang eines Päpstlichen Kammerherrn mit dem Titel Monsignore verliehen.

Dem Zeitgeist folgend – so ist schmerzvoll festzustellen – und vor allem nach dem Vorbild der Schutzmacht Deutschland, wurden in der Slowakei stufenweise antijüdische Gesetze erlassen, welche auch hier eine Spirale des Grauens zur Folge hatten:

- öffentliche Übergriffe auf jüdische Bürger,
- Enteignungen,
- Kennzeichnung durch ein gelbes Armband mit Davidstern,
- Zwangsumsiedlungen,
- Deportationen nach Auschwitz, Majdanek und an andere Orte ...

Von Prälat Tiso hört man im August 1942:
„Was die jüdische Frage anbelangt, so fragen manche, ob das, was wir tun, christlich und human sei. Ich frage so: Ist es christlich, wenn die Slowaken sich von ihren ewigen Feinden, den Juden, befreien wollen? Die Liebe zu unserem Nächsten ist Gottes Gebot. Seine Liebe macht es mir zur Pflicht, alles zu beseitigen, was meinem Nächsten Böses antun will".

Mit dem Untergang des Großdeutschen Reiches fand auch das Morden an jüdischen Menschen ein Ende. Wir wissen heute, daß die „Verluste" der slowakischen Juden etwa 100000 Menschen betrugen. – Für die von ihm zu verantwortenden Taten wurde Tiso nach dem Krieg zum Tode verurteilt und im April 1947 in Bratislava erhängt.

II.

Über jenen Präsidenten der Slowakei, Monsignore Tiso, lesen wir im Band XII der vatikanischen *Enciclopedia Cattoli-*

ca, versehen mit dem „*Nihil obstat – Romae, die 10 Februarii 1954*" (Original in Italienisch):

TISO, Jozef – T. war ein vorbildlicher Priester mit einem unbescholtenen Leben. Als Staatspräsident behielt er das Amt des Pfarrers von Banovce bei. Er widmete sich der Politik aus Notwendigkeit, denn seit Beginn des Jahrhunderts war es allein der Klerus, der die Rechte des slowakischen Volkes verteidigte. Deshalb wurde er von allen wie ein Vater geliebt. Während der Regierung von T. hat die Slowakei große Fortschritte gemacht auf kulturellem, wirtschaftlichem und sozialem Gebiet und bewies auf diese Weise ihre nationale Selbständigkeit. Besonders hervorzuheben sind die soziale Lehre und Praxis von T. gemäß den päpstlichen Enzykliken. Seine Regierung hatte das Mißgeschick, behindert zu werden durch den Krieg und durch das Einschreiten des Bolschewismus. – Einige Stunden vor seinem Tod diktierte er dem Priester, der ihm Beistand leistete, sein geistiges Vermächtnis, unter anderem mit den Worten: Ich sterbe als Märtyrer nach dem Naturgesetz, welches von Gott jedem Volke gegeben wurde, seine Freiheit zu befördern, und als Verteidiger der christlichen Zivilisation gegen den Kommunismus.

8.
DEUTSCHLAND, DEUTSCHLAND ÜBER ...

I.

Noch aufrecht, denn die Natur hatte dem fast Achtzigjährigen eine robuste Gesundheit beschieden, doch zugleich bedrückt, denn in seine Erinnerung hatten sich schmerzvolle Erlebnisse der ersten Jahrzehnte seines Lebens zutiefst eingeprägt – so schritt er jetzt bei einem Besuch in der Alten Welt viele Wege ab, die er vor langer Zeit selbst gegangen war, und andere Wege, die für ihn durch Geschehnisse in der großen Geschichte Bedeutung erlangt hatten. Er war in Moll gestimmt, diese Tonart bedeutete ihm ein schmerzliches, aber einsichtsvoll melancholisches Begreifen der Ströme des Lebens, doch verspürte er keine ausweglose Traurigkeit.

Hier in Wien hatte er, Siegmund Nissel, nachmals Violinist im weltberühmten englischen Amadeus-Quartett, noch Tage jugendlichen Glücks erleben können, dann aber auch heiseres Geschrei, das ihn ängstigte, demütigte und ins Exil trieb. Wien blieb für ihn vor allem die Heimstatt aller großen Tonsetzer, deren Werke seinen Lebensinhalt bildeten. Sein Leben war gebettet in Ströme von Musik, deren Höhen und Tiefen er gestalten konnte, so daß ungezählt viele Menschen durch sein Spiel beglückt wurden.

Nach für ihn ereignisreichen Tagen in Wien, das nun nicht mehr die Kaiserstadt war, auch nicht mehr die Stadt des Führers, fuhr er hinaus ins Land, wo derjenige, der hören und fühlen konnte, noch Schubertsche Klänge, Harmonien von Mozart und Beethoven wahrzunehmen vermochte.

Hernach reiste er in das am Rande Österreichs gelegene Eisenstadt mit der sich prächtig gebenden Fürstenresidenz, für Nissel aber vor allem zum Wirkungsort des geliebten Haydn, des Schöpfers der Quartettkunst. Im Esterhazyschen Schloß besuchte er ein Konzert – fast ungewohnt für den ausübenden Musiker. Doch jetzt gegen Ende seiner ausklingenden Laufbahn spürte er gerade hier das Verlangen, sich hörend zu versenken in ein Werk, das ihm so zu Herzen ging.

Die Künstler auf dem Podium, zwei Generationen jünger, waren in gleicher Weise beseelt wie er es unzählige Male war im Kreis seiner musizierenden Freunde. Sie spielten das Kaiserquartett als Huldigung an den Genius, der dieses hier in eben diesem Saal vor 200 Jahren für seinen Fürsten erklingen ließ.

Einige Zuhörer, die Nissel nahe saßen, bemerkten, wie ihm beim Variationensatz die Augen feucht wurden – ihm, dem deutschen Juden, der der Vernichtung entgangen war, dessen Rettung aber überschattet blieb vom Verlust seiner nächsten Angehörigen. Ihn rührte die schlichte Liedmelodie dieses zweiten Satzes auf einen naiven vaterländischen Text für Kaiser Franz, und er wußte nur zu gut, daß ein anderer vaterländischer Text nicht mehr unschuldig war, als er gegrölt wurde auf diese kostbare Melodie.

Nach dem Konzert zog es den von besinnlicher Wehmut getriebenen Nissel zur Bergkirche, wo nun endlich die Gebeine von Joseph Haydn nach langer Wanderschaft zur Ruhe gekommen sind. In Ehrfurcht berührte er den prachtvollen Sarg, der mit der Noteninschrift des zur Hymne gewordenen Liedes geziert ist.

II.

Ein größeres Geschenk des Schicksals als dem Siegmund Nissel war Henry Meyer beschieden, nach kaum faßbarem Unheil in seiner Jugend. Welch wundersame Parallele, daß er unmittelbar nach dem Krieg ebenfalls ein bedeutender Violinist wurde, in einem anderen weltberühmten Streichquartett, dem amerikanischen LaSalle String Quartet.

Wir könnten es nicht glauben, aber sie ist so bezeugt, seine Geschichte, wie sie uns Henry Meyer berichtete.

Er hatte bereits als Knabe durch sein virtuoses Geigenspiel Aufsehen erregt. Schon mit 14 Jahren stand er als Solist auf dem Podium in Breslau, er spielte ein Violinkonzert von Tartini. Wie kam es, daß dieser Konzertabend des Jahres 1937 ihm das Leben rettete?

Meyer war es bestimmt, das Los derjenigen Juden zu jener Zeit in Deutschland zu teilen, welche nicht das Glück hatten, emigrieren zu können. Zunächst mußte er Zwangsarbeit leisten in einer Fabrik in Dresden, dann kam er 1943 mit seinem jüngeren Bruder, der dort bald starb, in das KZ-Lager Auschwitz. Henry war nun einer der vielen numerierten Häftlinge.

Er war abgemagert, also brachte man ihn in das Gefangenen-Hospital, dort stand ihm jedoch der Weg in eine der Gaskammern bevor. Am Abend jenes Tages inspizierte ein Arzt die Baracke, und es geschah das Ungewöhnliche, daß dieser ihn fragte, was er vor dem Krieg gemacht habe. Meyer sagte, er sei ein Geiger, er habe als Junge schon in Breslau ein Tartini-Konzert gespielt.

Diese kurze Unterhaltung bedeutete das Eingreifen eines Deus ex machina. Der Arzt stammte aus Breslau und hatte damals das Konzert mit dem jugendlichen Solisten gehört, er wurde nun zum Rettungsengel für den Gefangenen. Mit einer Häftlingsleiche über der Schulter kam der Doktor wenig später in das Krankenrevier zurück, er hatte die Karteikarte von Meyer mit der des Toten vertauscht, und schleppte Meyer stattdessen hinaus, in eine nicht gefährdete Baracke.

Durch solch unglaubliche Fügung avancierte der Häftling Meyer zu einem der Musiker im Lagerorchester von Auschwitz, welches befehlsgemäß das grausame Geschehen künstlerisch zu garnieren hatte. So überlebte er, überstand auch noch gegen Ende des Krieges den mörderischen Exodus in das Lager Buchenwald, bis ihn amerikanische Soldaten befreiten.

Und Henry Meyer konnte genesen, er fasste wieder Mut und fand dann die Erfüllung seines Lebens wie zuvor in der Musik. Nichts hielt ihn davon ab, das Haydn'sche Kaiserquartett in Konzerten zu spielen, mit ganzer Hingabe seines gezeichneten Herzens.

9.
MEMENTO

I.

MANTUA ME GENUIT

CALABRI RAPUERE

TENET NUNC PARTHENOPE

CECINI PASCUA, RURA, DUCES.

II.

ROHRAU
GAB IHM DAS LEBEN
IM JAHR 1732 DEN 1. APR

EUROPA
UNGETHEILTEN BEYFALL

DER TOD
IM JAHR 1809 DEN 31. MAY
DEN ZUTRITT
ZU DEN EWIGEN HARMONIEN

10.
EIN DATUM

I.

Nur selten mischen sich zur Stunde einer Menschengeburt die Sphären der Planeten in überirdischer Harmonie. Doch es geschah so für IHN in der kleinen Residenzstadt S. Deshalb laßt uns den 27. Jänner fröhlich feiern mit einer Aria, einem Quartett, einer Sinfonie von seiner Komposition.

* * *

Das Herzogtum A. ist ziemlich unbemerkt durch die Historie gegangen, seine Schritte blieben ohne Widerhall. Doch laut, wie alttestamentarischer Posaunenschall, dröhnt der Name der Stadt A. Hart trifft uns sein Echo jetzt an jedem 27. Januar – und wir begehen stumm die ernste Feier nach den Chiffren der Todesfuge.

II.

Wer nennt den rätselvollen Akkord, mit dem sein Leben verlosch, an jenem 13. Februar? Fortan gilt an diesem Tage unser Gedenken IHM, dem Meister der Tonkunst, dessen Ruhmesstern in der königlichen Residenzstadt im lieblichen Tal des Elbeflusses zu leuchten begann.

* * *

Dann 62 Jahre später die Dissonanz: an einem 13. Februar, eben vor dem Ende des großen Krieges, verglühte diese Stadt – der Hort der Musen zerfiel in Asche und Trümmer. Hier feierte der Tod seinen Karneval auf bisher ungeahnte Weise.

11.
DAS KLEINE UND DAS GROSSE

Der Physiker:

Wie unvorstellbar klein sind doch wir Menschen und unsere Erde in einem Kosmos, der nach heutiger Erkenntnis größer ist als 10^{23} Kilometer. Und dieser Kosmos weiß nichts von unserer Menschenexistenz, er bedarf ihrer nicht.

Wie unvorstellbar groß sind doch wir Menschen und unsere Erde gegenüber den Molekülen, von denen sich etwa 10^{23} allein in einem Kubikzentimeter Luft befinden. Und ohne diese winzig kleinen Moleküle können wir nicht leben.

* * *

Hinz und Kunz:

H. Was meinst du, Kunz, wie groß die Sonne sei?
K. Wie groß, Hinz? – als'n Straußenei.

H. Du weißt es schön, bei meiner Treu! Die Sonne als'n Straußenei!
K. Was meinst denn du, wie groß sie sei?
H. So groß, hör – als'n Fuder Heu.

K. Man dächt kaum, daß es möglich sei;
Potztausend, als'n Fuder Heu!

12.
BEITRÄGE ZU EINIGEN WISSENSCHAFTEN

I.

Im Jahr 1936 veröffentlichte der Physiker und Nobelpreisträger Geh. Rat Prof. Dr. Philipp Lenard sein Werk „Deutsche Physik" in vier Bänden. Im Vorwort hierzu schreibt der Verfasser:

„*Deutsche Physik?" wird man fragen. – Ich hätte auch arische Physik oder Physik der nordisch gearteten Menschen sagen können, Physik der Wirklichkeits-Ergründer, der Wahrheit-Suchenden, Physik derjenigen, die Naturforschung begründet haben. – „Die Wissenschaft ist und bleibt international!" wird man mir einwenden wollen. Dem liegt aber immer ein Irrtum zugrunde. In Wirklichkeit ist die Wissenschaft, wie alles was Menschen hervorbringen, rassisch, blutmäßig bedingt. Ein Anschein von Internationalität kann entstehen, wenn aus der Allgemeingültigkeit der **Ergebnisse** der Naturwissenschaft zu Unrecht auf allgemeinen **Ursprung** geschlossen wird, oder wenn übersehen wird, daß die Völker verschiedener Länder, die Wissenschaft gleicher oder verwandter Art geliefert haben wie das deutsche Volk, dies nur deshalb und insofern konnten, weil sie ebenfalls vorwiegend nordischer Rassenmischung sind oder waren. Völker anderer Rassenmischung haben eine andere Art, Wissenschaft zu treiben.*

Naturforschung allerdings hat kein Volk überhaupt je begonnen, ohne auf dem Nährboden schon vorhandener Errungenschaften von Ariern zu fußen. Vieles ist von den Fremden zunächst immer nur mitgemacht und nachgemacht worden; das Rasseneigentümliche gibt sich erst nach längerer Entwickelung zu erkennen. Man könnte an Hand der vorliegenden Literatur vielleicht bereits von einer Physik der Japaner reden; in der Vergangenheit gab es eine Physik der Araber. Von einer Physik der Neger ist noch nichts bekannt; dagegen hat sich sehr breit eine eigentümliche Physik der Juden entwickelt, die nur bisher wenig erkannt ist, weil man Literatur meist nach der Sprache einteilt, in der sie geschrieben ist. Juden sind überall, und wer heute noch die Behauptung von der Internationalität der Naturwissenschaft verficht, der meint wohl unbewußt die jüdische, die allerdings mit den Juden überall und überall gleich ist.

Es ist wichtig, die „Physik" des jüdischen Volkes hier ein wenig zu betrachten, weil sie ein auffallendes Gegenstück zur deutschen Physik ist und diese bei Erkenntnis des Gegensatzes wohl für viele erst ins rechte Licht setzt. Wie alles Jüdische ist auch die jüdische Physik erst seit kurzem überhaupt einer unbefangenen öffentlichen Betrachtung zugänglich geworden. Sie hatte sich lange versteckt und zögernd entwickelt. Mit Kriegsende, als die Juden in Deutschland herrschend und tonangebend wurden, ist sie in ihrer ganzen Eigenart plötzlich überschwemmungsartig hervorgetreten. Sie hat dann alsbald auch unter vielen Autoren nichtjüdischen oder doch nicht rein jüdischen Blutes eifrige Vertreter gefunden. Um sie kurz zu charakterisieren, kann am ge-

*rechtesten und besten an die Tätigkeit ihres wohl hervorragendsten Vertreters, des wohl reinblütigen Juden A. Einstein, erinnert werden. Seine „Relativitäts-Theorien" wollten die ganze Physik umgestalten und beherrschen; gegenüber der Wirklichkeit haben sie aber nun schon vollständig ausgespielt. Sie wollten wohl auch gar nie **wahr** sein. Dem Juden fehlt auffallend das Verständnis für **Wahrheit**, für mehr als nur scheinbare **Übereinstimmung mit der von Menschen-Denken unabhängig ablaufenden Wirklichkeit**, im Gegensatz zum ebenso unbändigen als besorgnisvollen Wahrheitswillen der arischen Forscher.*

*Die jüdische „Physik" ist somit nur ein Trugbild und eine Entartungserscheinung der grundlegenden arischen Physik. Es war nötig, dies hier ausdrücklich hervorzuheben; denn erst aus dem Klarwerden des Gegensatzes zwischen jüdischer und arischer Physik kann die verloren gegangene volle Würdigung der letzteren wieder erstehen. – Der unverbildete deutsche Volksgeist sucht nach Tiefe, nach **widerspruchsfreien Grundlagen des Denkens mit der Natur,** nach einwandfreier Kenntnis vom Weltganzen. Er sollte hierbei sehr wohl an die Ergebnisse der Naturforschung sich wenden dürfen.*

Es ist in der Zeit überreichen allgemeinen Genusses technischer Ergebnisse der Naturwissenschaft wahrlich ein Zeichen großer Unkultur, daß man von den geistigen Errungenschaften der Naturforschung so wenig begreift – ja überhaupt weiß –, wie es das Schrifttum der Gegenwart zeigt. Das deutsche Volk ist nun schon 30 Jahre lang naturwissenschaftlich mit den Er-

rungenschaften eines Rasse- und Volks-Fremden und seiner Anhänger und Nachfolger gefüttert worden, und dies wird noch fortgesetzt. Es wird aber das Volk, das einen Kopernikus, Kepler, Guericke, Leibniz, Fraunhofer, Rob. Mayer, Mendel, Bunsen und Kirchhoff hervorgebracht hat, sich wieder zu finden wissen, ebenso wie es als Erbe Friedrichs des Großen und Bismarcks politisch wieder einen Führer eigenen Bluts gefunden hat, der es aus der Verwirrung des ebenfalls rassefremden Marxismus errettet hat. In diesem Vertrauen habe ich das Werk geschrieben, und im besonderen Vertrauen auf die Führung des deutschen Volkes im Dritten Reich gebe ich es heraus.

II.

In der Sowjetunion, unter der Führung von Stalin und später Chruschtschow, stand Lyssenko als Wissenschaftler in hohem Ansehen. Er bekleidete wichtige Ämter in der Wissenschaftshierarchie seines Landes, erhielt die Auszeichnung „Held der sozialistischen Arbeit" und konnte 9 Lenin-Orden an seine Brust heften. Sein Name wurde zum Fanal, ja das Wirken in seinem Sinne hieß zu seiner Zeit Lyssenkoismus.

Der Agrarbiologe Trofim Denissowitsch Lyssenko behauptete entdeckt zu haben, daß die Eigenschaften von Pflanzen vererbbar geändert werden können durch den Einfluß der Umwelt. Seine Mitarbeiter wußten durch trügerische Experimente zu glänzen. Sie behaupteten, mit ihrer Methode die

Umformung von Arten bewirken zu können, also z.B. Weizen in Roggen, Hafer in Gerste. Und diese Umwandlungen sollten nach Lyssenkos Thesen vererbbar sein, denn die Vererbung bedürfe keines gesonderten genetischen Apparates. Deshalb wurde die Existenz von Genen, d.h. von intrazellulären Trägern der Erbeigenschaften, schlichtweg geleugnet. Die bisherigen Vorstellungen der Wissenschaft über den Vererbungsmodus wurden als „Mendelismus – Morganismus" verunglimpft und als reaktionär und bürgerlich gebrandmarkt.

Schließlich steigerte sich die Aggressivität von Lyssenko und den Anhängern seiner Lehre, indem man die Diskussion auf die ideologisch-politische Ebene hob. Die neuen Thesen zur Vererbung entsprachen den parteikonformen Anschauungen über einen vom Marxismus erweiterten Darwinismus, und, solchermaßen abgesichert, wurden die Gegner der neuen „schöpferischen" Richtung der sowjetischen Biologie als Volksfeinde, Saboteure, Idealisten, auch als Trotzkisten qualifiziert und beschimpft.

So verwundert es nicht, daß die Lyssenkoisten mit großem Geschick die Machtmittel der Partei nutzten und viele angesehene Forscher aus ihren Stellungen entfernten. In letzter Steigerung des ideologischen Kampfes, der den Boden der Wissenschaften längst verlassen hatte, wurden viele der sogenannten Reaktionäre verhaftet, in die Verbannung geschickt, sogar zum Tode verurteilt. – Die Namensliste der Opfer der Säuberungen im Zeichen des Lyssenkoismus ist lang.

Dieser 30jährige Spuk und die mit ihm verbundene Pseudowissenschaft fanden jedoch schließlich ein Ende. Nach der Entmachtung von Chruschtschow im Jahr 1964 konnte redliche biologische Forschung wieder Gehör finden. An den Universitäten und landwirtschaftlichen Hochschulen wurde wieder moderne Genetik gelehrt, sogar Gregor Mendel wurde rehabilitiert, und die Akademie der Wissenschaften würdigte in einem Festakt 1965 in Moskau das 100jährige Jubiläum von Mendels erster Veröffentlichung.

* * *

Es war unvermeidlich, daß bald nach dem zweiten Weltkrieg auf die Tschechoslowakei, welche als „Volksrepublik" streng stalinistisch regiert wurde, der Ruhm des großen Lyssenko ausstrahlte. Das spürte man am sichtbarsten in der mährischen Hauptstadt Brünn, wo im ehrwürdigen Stift der Augustiner ein Museum eingerichtet war, an der Wirkungsstätte des Abtes Gregor Mendel. – Da die reine Lehre des zur Wissenschaft gewordenen Marxismus dies forderte, verordneten die Mächtigen im Lande den Abriß des Treibhauses, in dem Mendel seine Experimente durchgeführt hatte, und nicht genug damit, auch das stattliche Denkmal für den bereits im Jahr 1884 verstorbenen Vater der Vererbungslehre wurde entfernt.

Doch auch in diesem Land setzte sich die Wahrheit durch, und 1965 konnte man das Denkmal aus einem Versteck hervorholen und wieder am angestammten Platz aufstellen.

III.

Wissenschaftliche Arbeiten in der Deutschen Demokratischen Republik:

„Die Verwirklichung der Führungsrolle der revolutionären Arbeiterklasse in der sozialistischen Staatspraxis als Aufgabe der politisch-ideologischen Erziehung der Staatsfunktionäre"
Klaus Sorgenicht, Dr.rer.pol., Diss. Deutsche Akademie für Staats- und Rechtswissenschaften „Walter Ulbricht" Potsdam 1968

„Psychologische Grundsätze für die Zusammenarbeit mit IM, die im Auftrage des MfS außerhalb des Territoriums der DDR tätig sind – Untersuchungen an IM der äußeren Spionageabwehr bei direkter Konfrontation mit den feindlichen Geheimdiensten"
Horst Felber, Dr.jur., Diss. Juristische Hochschule Potsdam 1970

„Zur Bekämpfung der imperialistischen Störtätigkeit auf dem Gebiet des Außenhandels"
Alexander Schalck-Golodkowski, Dr.jur., Diss. Juristische Hochschule Potsdam 1970

„Die Qualifizierung der politisch-operativen Arbeit zur Bekämpfung von feindlichen Erscheinungen unter jugendlichen Personen in der DDR"
Wolfgang Schwanitz, Dr.jur., Diss. Juristische Hochschule Potsdam 1973

IV.

In diesen Monaten rief eine der Institutionen, die sich der Verbreitung von Wissenschaft in unserem Lande widmen, namhafte Persönlichkeiten zu einem Symposion zusammen, um den neuesten Stand der Forschung zu dokumentieren. Gegenstand der Tagung war ein Thema, das über das Fach hinaus eine gewisse Bedeutung erlangt hatte, dessen Begriffe und Kategorien schon bei der Behandlung alltäglicher Probleme in der Politik und der Wirtschaft verwendet wurden.

Also diskutierten schließlich 26 Gelehrte, darunter Ordinarien anerkannter Hoher Schulen, über XON. – Die wissenschaftliche Frucht dieses Treffens wurde in einem 627 Seiten umfassenden Band vorgelegt, und die unterschiedlichen Meinungen der Teilnehmer waren auch – auf den kürzesten Nenner gebracht – in einem Feuilleton nachzulesen, welches wir hier im Auszug wiedergeben.

A. achtete XON als das schlechthin Absolute.

B. bewies: XON basiert auf BON.

C. charakterisierte XON als congenial im Creativen.

D. deutete XON fälschlich im Diesseits.

E. entbrach sich nicht zu behaupten, XON sei ein Exkrement

F. fluchte, XON sei kein Fortschritt.

G. gestand heimlich, XON sei nur ein Gag.

H. hetzte gegen die Heilsbotschaft von XON.

I. insistierte auf dem Ingeniösen bei XON.

J. jammerte, XON werde sich erst im Jenseits vollenden.

K. kanonisierte XON zum Kryptischen schlechthin.

L. lästerte über das Laszive im XON.

M. meinte, es fehle XON der Mut zur Macht.

N. nennt XON ein nebuloses Negativum.

O. offenbarte uns im XON die omnipräsente Ohnmacht.

P. postulierte die unendliche Progression durch XON.

Q. quälte sich und uns mit dem Derivat QON.

R. riet, das Religiöse in XON zu relativieren.

S. schwankte in seiner Meinung über die Sinnhaltigkeit von XON.

T. träumte vom Transzendentalen im XON.

U. unterschied das Singuläre im XON vom Universalen.

V. verstieg sich, XON sei ein Vakuum.

W. weissagte: Nur WON ist die letzte Wahrheit.

X. XON das Opus Eximium.

Y. YON hat allein Gültigkeit als das potenzierte XON.

Z. zeterte, XON beinhalte ein Zerrbild von Zoroastrismus.

13.
TOTENRUHE

I.

Sie ruhen in merkwürdiger Versammlung, die Habsburger aus vielen Epochen, in der Gruft der Kapuzinerkirche im Herzen der Stadt Wien. Und gewollt symbolhaft ist die Schlichtheit des kupfernen Sarges von Joseph II., zu Füßen des herausragend prächtigen Sarkophags für seine Mutter und ihren kaiserlichen Gemahl.

Der durch die Aufklärung geprägte Monarch Joseph II. verfolgte ungeduldig seine Ziele, und viele seiner Reformen blieben unvollendet oder scheiterten gar. Prunksucht und Verschwendung, wie er sie in der Hauptstadt seines Reiches vor Augen hatte, suchte er zurückzudrängen, die Wohlfahrt seiner Untertanen jedoch zu befördern.

Seinem Befehl folgend machte die Hofkanzlei publik, daß mit Ausnahme der Mitglieder der kaiserlichen Familie niemand mehr innerhalb der Stadtmauern von Wien begraben werden dürfe. – Zur Hebung der öffentlichen Gesundheit hatte der Kaiser die Verlegung der Friedhöfe vor die Mauern der Städte verordnet, um *„das fäulende Miasma der Körper, so der Gesundheit der Einwohner höchst nachtheilig seyn könnte, von den Wohnungen zu entfernen"*. – Und zugleich aus ökonomischen Gründen wurde befohlen, die Beisetzungen *„ohne Holz"* geschehen zu lassen.

Nach längeren Vorarbeiten durch eine Kommission von Hofbeamten verfügte alsdann seine kaiserliche Majestät für seine Erblande durch Hofdekret vom 23. August des Jahres 1784 dieses:

1. Daß von nun an alle Kruften, Kirchhöfe, oder sogenannte Gottesäcker, die sich innen deß Umfang der Ortschaften befinden, geschlossen, und statt solchen diese außer den Ortschaften in einer angemessenen Entfernung ausgewählt werden sollen.

2. Sollen alle und jede Leichen, wie bisher so auch künftighin von ihren Sterbhause aus nach der leztwilligen Anordnung der Verstorbenen oder nach Veranstaltung ihrer Angehörigen nach Vorschrift der Stoll- und Conducts-Ordnung bey Tag oder auf den Abend in die Kirche getragen, oder geführt, so dann nach abgesungenen gewöhnlichen Kirchengebettern eingesegnet, und beygesezt, von dannen aus aber hernach von dem Pfarrer in die außer den Ortschaften gewöhlten Freydhöfen zur Eingrabung ohne Gepränge überbracht werden.

3. Wäre zu diesen Freydhöfen ein der Volkmenge angemessener hinlänglicher Platz zu wählen, welcher keinem Wasser ausgesezt, noch sonst von einer solchen Erdengattung seye, daß selber die Fäulung verhindere, wäre nun dieser Grund ausgesuchet, so seye solcher mit einer Mauer zu umfangen, und mit einem Kreuz zu versehen.

4. *Da bey Begrabung kein anderes Absehen seyn könne, als die Verwesung so bald als möglich zu befördern, und solcher nichts hinderlicher wäre, als die Eingrabung der Leichen in Todtentruhen, so werde hier gegenwärtig geboten, daß alle Leichen in einen leinenen Sack ganz blos ohne Kleidungsstücken eingenähet, so dann in die Todtentruhe gelegt, und in solcher auf den Gottesacker gebracht werden sollen.*

5. *Solle bey diesen Kirchhöfen jederzeit ein Grab von 6. Schuh tief, und 4. Schuh breit gemacht, die dahin gebrachte Leichen aus der Truhe allemal herausgenommen, und wie sie in den leinenen Säcken eingenähet sind, in diese Grube gelegt, und mit ungelöschten Kalch über vorfen gleich mit der Erde zugedeckt werden. Sollten zu gleicher Zeit mehrere Leichen ankommen, so könnten mehrere in die nämliche Grube gelegt werden, jedoch seye unfehlbar die Veranstaltung zu treffen, daß jeder Graben, in welchen todte Körper gelegt werden, also gleich in so weit Körper liegen, in der nämlichen Nacht wieder ganz mit Erde angefüllet und zugedecket werde, auf welche Art dergestalt fortzufahren wäre, daß jederzeit zwischen den Gräbern ein Raum von 4 Schuhen zu lassen seye.*

6. *Zur Ersparung der Kösten wäre die Veranlassung zu treffen, daß jede Pfarr eine ihrer Volkmenge angemessene Anzahl*

gut gemachter Todtentruhen von verschiedener Größe sich beyschaffe, welche jedem unentgeldlich darzugeben seye, sollte aber dennoch jemand eigene Todtentruhen für seine verstorbene Verwandten sich beyschaffen, so wäre es ihm unbenommen, jedoch könnten die Leichen nie mit der Truhen unter die Erde gebracht werden, sondern müssen aus solchen wieder heraus genommen, und diese zu andern Leichen gebraucht werden.

7. *Solle denen Anverwandten oder Freunden, welche der Nachwelt ein besonders Denkmal der Liebe, der Hochachtung, oder der Dankbarkeit vor den Verstorbenen darstellen wollen, allerdings gestatet seyn, diesen ihren Trieben zu folgen, und diese wären lediglich an den Umfang der Mauern zu errichten, nicht aber auf den Kirchhöfen zu setzen, um allda keinen Platz zu benehmen. Endlich:*

8. *Da alle Kruften und Begräbnißen in den sämmentlichen Klöstern, dann die so genannten Kalkgruben und Schachten bey den Spitälern barmherzigen Brüdern, und Elisabethinerinnen nun aufhören, und alle allda Verstorbene ebenfalls auf den jenigen Freydhöfen der jenigen Pfarr, wohin sie gehören, begraben werden müssen, so sollen diese Klöster und Spitäler wegen Entschädigung der Todtengräber für ihre Mühe mit selben ein billiges Abkommen treffen, und jene Pfarrkirchhöfe in deren Umfang die Spitäler und Klöster liegen, nach der Erforderniß größer gemacht werden.*

Doch diesem Edikt war keine lange Dauer beschieden. Wegen anhaltender Obstruktion gegen seine Anordnung an vielen Orten und von mancherlei Personen diktierte der Kaiser ungehalten im Jänner des Jahres 1785 seiner Hofkanzlei diesen Widerruf:

„Da Ich täglich sehe und erfahre, daß die begriffe der lebendigen leider noch so materialisch sind, daß sie einen unendlichen Preyß darauf setzen, daß ihre Körper nach dem todt langsamer faulen und länger ein stinkendes Aas bleiben, so ist Mir wenig daran gelegen, wie sich die leute wollen begraben lassen, und werden Sie also durchaus erklären, daß nachdem Ich die vernünftigen Ursachen, die Nutzbarkeit und Möglichkeit dieser Art begräbniß gezeigt hätte, Ich keinen Menschen, der nicht davon überzeugt ist, zwingen will vernünftig zu seyn, und daß also ein jeder, was die Truhen anbelangt, frey thun kan, was er für seinen toden körper im voraus für das angenehmste hält".

II.

Der bewunderte und von uns hochgeschätzte Fürst Pückler aus B. vor den Toren der Stadt C., Besitzer großer Ländereien im Land der Wenden, leidenschaftlicher Künstler und Gestalter der Natur, ein vielseitiger Schriftsteller und wohl auch Phantast und liebenswerter Sonderling, er achtete es, daß seine Vorfahren nach der Sitte in einer Kirchengruft ihre würdige letzte Ruhe fanden. Für sich selbst bestimmte er in später Stunde als Grabesstätte – sehr ungewöhnlich – eine Pyramide in seinem geliebten Park, nahe seinem Schloß.

Sein Geist wußte den Fortgang der Zeit zu deuten, das Entschwinden der klassischen und auch der romantischen Epoche, ja er erlebte schon das Hereinbrechen eines *Dampf- und Geldregimentes*. Würde hundert Jahre nach seinem Tod allein die Nützlichkeit die Menschen regieren?

Die Antwort auf diese Frage gab er uns beiläufig im Jahre 1834. Was raunte er uns zu, was offenbarte sich seiner Hellsicht?

Ich erblicke die Fluren wieder, deren Verschönerung ich den besten Teil meines Lebens gewidmet. Was seh' ich? Schiffbar ist der Fluß geworden, der meinen Park durchströmt; aber Holzhöfe, Bleichen, Tuchbahnen, häßliche nützliche Dinge nehmen die Stelle meiner blumigen Wiesen, meiner dunklen Haine ein! Das Schloß – darf ich meinen Augen trauen? – beim Himmel! Es ist in eine Spinnanstalt umgeschaffen.
„Wo wohnt der Herr?" ruf ich ungeduldig aus. – „In jenem kleinen Hause, das ein Obst- und Gemüsegarten umgibt", tönt meines Unsichtbaren Antwort ... – „Und gehört meinem Urenkel denn das nicht alles mehr, was ich einst mein nannte?" – „O nein, das hat sich mit der Zeit wohl unter hundert verschiedene Besitzer verteilt. Wie könnte einer so viel haben und Freiheit und Gleichheit bestehen!" Ich schreite auf das Häuschen zu, dessen Mauern sich meinem magnetisierten Auge al-

sobald öffnen, und sehe, wie der Tod schon wieder geschäftig gewesen. Verlassen in dem Winkel einer Kammer liegt der Herr des Hauses still in seinem Bett. –
„Der Vater ist tot!" höre ich eben den Sohn zu einem andern sagen.
„Es ist kein Zweifel mehr, fahrt ihn hinaus."
Ach, lieber Leser, welch ein Begräbnis! Du fragst, wohin es mit der Leiche ging? – Nun natürlich, wo sie am nützlichsten ist: – Aufs Feld als Dünger.

14.
VON ZWEI ALTEN KATHEDRALEN

Die deutschen Kaiser Otto I. und Otto III. begründeten im Osten jenseits der Grenzen ihres Reiches in christlicher Mission und im Einvernehmen mit den polnischen Herzögen das Bistum Posen und das Erzbistum Gnesen. Manchen Wechsel erlebten im Gang der Geschichte die bemerkenswerten Domkirchen in diesen Städten, und Sonderbares ereignete sich in ihrem Kraftfeld.

I.

Jedoch Geschichte ist ein kühles fremdmutendes Wort – Empfindungen werden nicht vom Kopf bestimmt, uns treibt das Herzblut, hierhin, dorthin. Und wer in Schnabelewops sein Zuhause hat, der vermag auch Träumen nachzugehen, der wandert fort mit unbestimmter Sehnsucht in der Brust, den sandigen Weg in die nahe kleine Stadt G. Ja Schnabelewops, wo die Gegend sehr schön ist, ...

... es fließt dort ein Flüßchen, worin man des Sommers sehr angenehm badet, auch gibt es allerliebste Vogelnester in den Gehölzen des Ufers. Das alte Gnesen, die ehemalige Hauptstadt von Polen, ist nur drei Meilen davon entfernt. Dort im Dom ist der heilige Adalbert begraben. Dort steht sein silber-

ner Sarkophag, und darauf liegt sein eigenes Konterfei, in Lebensgröße, mit Bischofsmütze und Krummstab, die Hände fromm gefaltet, und alles von gegossenem Silber. Wie oft muß ich deiner gedenken, du silberner Heiliger! Ach, wie oft schleichen meine Gedanken nach Polen zurück, und ich stehe wieder in dem Dome von Gnesen, an den Pfeiler gelehnt, bei dem Grabmal Adalberts! Dann rauscht auch wieder die Orgel, als probiere der Organist ein Stück aus Allegris Miserere; in einer fernen Kapelle wird eine Messe gemurmelt; die letzten Sonnenlichter fallen durch die bunten Fensterscheiben; die Kirche ist leer; nur vor dem silbernen Grabmal des Heiligen liegt eine betende Gestalt, ein wunderholdes Frauenbild, das mir einen raschen Seitenblick zuwirft, aber ebenso rasch sich wieder gegen den Heiligen wendet und mit ihren sehnsüchtig schlauen Lippen die Worte flüstert: „Ich bete dich an!" – In demselben Augenblick, als ich diese Worte hörte, klingelte in der Ferne der Mesner, die Orgel rauschte mit schwellendem Ungestüm, das holde Frauenbild erhob sich von den Stufen des Grabmals, warf ihren weißen Schleier über das errötende Antlitz, und verließ den Dom. – „Ich bete dich an!". Galten diese Worte mir oder dem silbernen Adalbert? Gegen diesen hatte sie sich gewendet, aber nur mit dem Antlitz. Was bedeutete jener Seitenblick, den sie mir vorher zugeworfen, und dessen Strahlen sich über meine Seele ergossen, gleich einem langen Lichtstreif, den der Mond über das nächtliche Meer dahingießt, wenn er aus dem Wolkendunkel hervortritt und sich schnell wieder dahinter verbirgt. In meiner Seele, die ebenso düster wie das Meer, weckte jener Lichtstreif alle die Ungetüme, die im tie-

fen Grunde schliefen, und die tollsten Haifische und Schwertfische der Leidenschaft schossen plötzlich empor, und tummelten sich, und bissen sich vor Wonne in den Schwänzen, und dabei brauste und kreischte immer gewaltiger die Orgel, wie Sturmgetöse auf der Nordsee ...

II.

Im Großherzogtum Posen, welches Teil des Königreiches Preußen war, lebte von 1786 bis 1845 Eduard Nalecz Graf Raczynski. Er war ein Nachkomme eines sehr alten großpolnischen Adelsgeschlechtes und erwarb sich Verdienste als Politiker, Schriftsteller und vor allem als Wohltäter, dessen Hinterlassenschaft heute noch bewundert werden kann.

Sein jüngerer Bruder Athanasius war Diplomat in königlichen Diensten und erbliches Mitglied des preußischen Herrenhauses. Die Raczynski besaßen in Berlin ein Stadtpalais am Königsplatz, welches der Nachwelt leider verloren ging – nicht etwa durch den zerstörerischen zweiten Weltkrieg, sondern schon im Kaiserreich, denn es verfiel dem Abriß, als es 1882 dem neuen Reichstagsgebäude von Wallot weichen mußte.

Eduard, als Mitglied des Posener Provinziallandtages, widmete sich den öffentlichen und politischen Angelegenheiten seines engeren Vaterlandes, so vertrat er auch uneigennützig polnische Nationalinteressen, ohne deswegen deutschfeindlich zu sein. Er lebte auf seinen posenschen Gütern, bevorzugt in seinem barocken Palais in Rogalin nahe der Hauptstadt Posen.

Hier beginnen wir nun die Geschichte vom tragischen Ende dieses wahrhaftigen Edelmannes, eines Ehrenmannes alter Art, den seine feine Gesinnung, die ihn zu beachtenswerten künstlerischen, wissenschaftlichen und wohltätigen Leistungen befähigte, in ein Verhängnis führte.

Graf Eduard wurde nach dem Tode von Fürst Anton Radziwill und von Erzbischof Wolicki durch König Friedrich Wilhelm III. zur Leitung des Comités berufen, das die Aufgabe hatte, im Posener Dom eine neue Grabstätte für die ersten christlichen Herrscher Polens, Mieczyslaus I. und Boleslaus Chrobry, zu bereiten. Dies war notwendig geworden, da durch den Brand der Kathedralkirche im Jahre 1772 die ursprünglichen Gräber stark beschädigt worden sind. Für die Neugestaltung hatten Karl Friedrich Schinkel und Christian Rauch gemeinsam eine Gedenkstätte entworfen, die in einer Kapelle und den Standbildern der beiden Fürsten bestehen sollte.

Zur Verwirklichung des großzügigen Monumentes wurden *„mit Genehmigung höchsten Ortes"* Sammlungen veranstaltet, an welchen sich *„der König mit 100 Dukaten, der Kronprinz mit 20 Dukaten und der Kaiser von Rußland mit 500 Thalern betheiligten"*. Da die Gesamtsumme, die schließlich zusammenkam, aber kaum zu Umbau und Ausschmückung der Kapelle, zur Errichtung des Altars und des Sarkophags ausreichte, entschloß sich Eduard, die beiden Standbilder auf eigene Rechnung anfertigen und aufstellen zu lassen. Auf dem Postament ließ er daher folgende Inschrift anbringen:

Ofiarowane do kaplicy Piastow przez Edwarda Nalecza Hr. Raczynskiego

("Der Piasten-Kapelle von Eduard Nalecz Graf Raczynski gewidmet.")

Er konnte nicht ahnen, wie verhängnisvoll die Anbringung dieser Inschrift für ihn werden sollte. Ein Mißgünstling unter den polnischen Abgeordneten des Landtages behauptete, die Inschrift sei anmaßend und würde nicht den tatsächlichen Umständen entsprechen, und darüber hinaus sei der Graf wegen eines anderen Vorfalls nicht würdig, seinen Kreis im Landtag zu vertreten. Die diesbezüglichen Anträge wurden im Landtag zwar verworfen, jedoch war Raczynski, der die Fürstengruppe nach dem Modell von Rauch sehr wohl auf eigene Kosten hatte gießen lassen und der selbstlos insgesamt über eine Million Taler für gemeinnützige Zwecke aufgewendet hatte, in seiner Ehre tief verletzt.

Das beklagenswerte Ende der Affäre entnehmen wir einem zeitgenössischen Bericht:

Von Undankbarkeit, Missgunst und Hass verfolgt und tief gebeugt, fasste er den unglückseligen Entschluss, seinem Leben ein Ende zu machen! Nachdem er in seiner Gegenwart die

Inschrift am Sockel der Standbilder hatte vernichten lassen, begab er sich nach seinem Schlosse Rogalin. Am folgenden Montag, den 20. Jan. 1845, fuhr er nach Zaniemysl, einem seiner Güter, speiste bei dem dortigen Pfarrer, übergab demselben eine Kassette mit einem Konvolut seiner wichtigsten Papiere und bat ihn, dieselben bis zu seiner Rückkehr in Verwahrung zu nehmen. Hierauf ging er an den See, auf welchem sich ein englisches, zu Lustfahrten bestimmtes Boot mit einer kleinen Kanone befand. Diese lud er und kniete, wie es scheint, so vor ihr nieder, dass er das Zündloch mit der Lunte erreichen konnte. Der Schuss zerschmetterte ihm den Kopf. – In einem Briefe, den er einige Augenblicke vor seinem Tode an den Pfarrer durch ein Bauernmädchen gesandt hatte, bat er denselben, ihm zu verzeihen, dass er seinen Pfarrkindern durch seinen Selbstmord ein so böses Beispiel gegeben, und ihn dort zu begraben, wo er gestorben sei. Mit ergreifenden Worten nahm er in einem hinterlassenen Briefe Abschied von seiner Gemahlin, der treuen Gefährtin seines Lebens und seines Wirkens. Am 24. Januar wurde er begraben. Dem höchst einfachen Sarge folgten nur seine nächsten Angehörigen und seine treuesten Diener.

15.
EIN WUNDER PUNKT

Ist in unserer Seele der wunde Punkt schon vernarbt? Schmerzt es uns noch, wenn der Punkt berührt wird?

In einem seiner weniger bekannten Romane läßt Gerhart Hauptmann die Hauptfigur des Werkes sich aussprechen über seine Empfindlichkeit für soziale Nöte. Der Protagonist Paul Haake, ein Mann einfacher Herkunft, mit starker künstlerischer Begabung als Bildhauer, oft schwankend in seinen Gefühlen, zuweilen jähzornig und dann wieder von Mitleid überwältigt, dieser Paul Haake offenbart sich bei einem gemeinsamen Essen einem Freunde über das ihn bedrängende Problem. – Wir sind angerührt von diesem leidenschaftlichen Erguß, den die Umstände des Augenblicks aus einer empfindsamen Künstlerseele herauspressen:

Sieh mal, ich habe irgend einen kranken, irgend einen wunden Punkt in mir, den mich nichts ganz vergessen machen kann. Und weiß der Teufel, er hat eine geradezu verfluchte Anziehungskraft für Stich, Hieb, kurz alles, was den Menschen irgend im Moralischen oder im Physischen treffen kann. Ich habe in mir diesen wunden Punkt, seit ich bei Bewußtsein bin. Nicht Pflaster, nicht Balsam konnte ihn zuheilen. Als ich einmal als Kind von einem Passanten fünfzig Pfennig geschenkt bekommen hatte, traf es sofort den wunden Punkt. Ich konnte mich nicht darüber freuen, unter der Bitterkeit darüber, daß ich sie angenommen hatte. Aber mein Hunger forderte das. Wenn meine Mutter das Essen verteilte und ich sah, daß meine Ration die der anderen noch kleiner machte, brannte und schmerzte während des Essens der wunde Punkt. Mitunter wurde mir so übel, als müßte ich alles wieder herausgeben. Wenn jemand die Arbeiter vaterlandsloses Gesindel nannte, so traf es wieder den wunden Punkt. Ich wußte ja, wie mein Vater sich im Leben für die übrige Menschheit abgerackert hatte. Da raste förmlich die Wunde in mir, weil er trotzdem so verachtet war und so beschimpft werden konnte. Der wunde Punkt! Der wunde Punkt!

Ich brauche nur an eine alte Waschfrau zu denken, die meine Mutter ist. Alles, was sie an Verachtung und moralischer Rohheit von den höheren Ständen zu erfahren hatte, traf natürlich den wunden Punkt. Später waren es dann wieder andere Sachen. Daß es Leute gibt, welche zweimalhunderttausend und mehr Morgen Wald besitzen und deren Förster armen Kindern, die Preiselbeeren und Blaubeeren suchen, mit Schrot um die Ohren knallen dürfen – ja, da treffen eben alle, aber auch alle Schrotkörner bei mir den wunden Punkt. Wenn ich sehe, daß es einen Adel gibt, was die Folge hat, daß ich mich ihm gegenüber als ein Halbtier empfinden soll, so trifft der Gedanke einer solchen Erniedrigung meinen wunden Punkt. Auch das trifft meinen wunden Punkt, wenn man die Masse des Volkes, wie täglich geschieht, mit Worten beleidigt. Man beleidigt da zwar höchstens einen Begriff, denn das Wort Volk und das Wort Masse ist ja gewiß von achtzig Millionen Menschen nicht der Inbegriff. Aber achtzig Millionen Menschen mit ihren Leiden, ihren Schicksalen, ihren hohen Verdiensten um das Ganze sind doch getroffen und empfinden die Mißhandlung. Daß wir hier tafeln und uns wohl sein lassen, ist sehr schön, aber es trifft auch meinen wunden Punkt. Wir haben bei dieser einen Sitzung mindestens das ausgegeben, was mein Vater und meine Mutter bei einer Arbeit von zehn Stunden täglich, ja von zwölf, von achtzehn Stunden täglich im Schweiße ihres Angesichts in einem Monat verdient haben. Und wenn ich nun ein großer Herr werde und mich von meinen Leuten dort unten loslöse, mich ihnen entfremde, von ihnen Abschied nehme und zu ihren Ausbeutern übergehe, so trifft das wiederum meinen wunden Punkt. Und nun, siehst du, komme ich auf die Landstraße. Ich bin durchaus keine starke Natur. Ich könnte einen Schuß Rohheit brauchen. Ich weiß recht gut, daß mein Jähzorn nur Schwäche ist. Es zieht mich hinauf, es zieht mich hinunter. Ich sehe Tempel, ich sehe Statuen, und dann frage ich mich wieder: wozu? Aber auch in die dumpfe Schicht, aus der ich komme, kann ich nicht mehr zurück. Da kommt nun das Morphium, der Absinth, das Kokain,, das Bier und der Fusel der Zwischenschicht. Die Zwischenschicht aber lebt auf der Landstraße. Freilich, auch da trifft es immer noch meinen wunden Punkt, daß ich mit jedem Schlucke Schnaps die Agrarier reich mache. Die Landstraße ist eine Philosophie. Man trifft da die wahrhaften Philosophen. Gewiß, die Welt hat sie ausgespien. Aber mancher lebt lieber außerhalb als innerhalb einer Welt, deren Maschi-

nerie ihn zum Rädchen oder sonstwas versklavt und ihm die Seele im Leibe mordet. Man macht nicht mit.

In unserer Seele, ist er schon vernarbt, der wunde Punkt?

16.
EIN GESTÖRTER AUSFLUG

Wie heiter war dieser Tag – die Fahrt zu dem in friedliche Natur eingebetteten Schlößchen Kranichstein, der Anblick der mit sicherer Empfindung gegliederten Baulichkeiten, das Durchschreiten der kunstreich mit fürstlicher Vornehmheit ausgestatteten Zimmer, der besinnliche Spaziergang am Ufer des Teiches – nicht zu gering zu schätzen die Mahlzeit Wildbret in der Schloßschänke, mit der die Unternehmung noch genußvoll ihren Abschluß finden sollte.

Und dann die Störung, das Ärgernis. Es tritt ein junger Mann an uns heran, merkwürdig altertümlich gekleidet, und will uns einen Zettel überreichen. Ich frage, was soll das, wer sind Sie? Er antwortet höflich, er sei ein *Bothe aus Wandsbeck*, und mit einer entschiedenen Handbewegung drängt er mir das Papier auf. Ich lese also:

Schreiben eines parforsgejagten Hirschen an den Fürsten, der ihn parforsgejagt hatte.

Durchlauchtiger Fürst, Gnädigster Fürst und Herr!
Ich habe heute die Gnade gehabt, von Ew. Hochfürstlichen Durchlaucht parforsgejagt zu werden; bitte aber unterthänigst, daß Sie gnädigst geruhen, mich künftig damit zu verschonen. Ew. Hochfürstl. Durchlaucht sollten nur Einmahl parforsgejagt

seyn, so würden Sie meine Bitte nicht unbillig finden. Ich liege hier und mag meinen Kopf nicht aufheben, und das Blut läuft mir aus Maul und Nüstern. Wie können Ihro Durchlaucht es doch über's Herz bringen, ein armes unschuldiges Thier, das sich von Gras und Kräutern nährt, zu Tode zu jagen? Lassen Sie mich lieber todt schiessen, so bin ich kurz und gut davon. Noch Einmahl, es kann seyn, daß Ew. Durchlaucht ein Vergnügen an den Parforsjagen haben; wenn Sie aber wüßten, wie mir noch das Herz schlägt, Sie thätens gewiß nicht wieder, der ich die Ehre habe zu seyn mit Gut und Blut bis in den Tod etc. etc.

In mir schäumt es. Wie kommt dieser Wirrkopf dazu, unsere genießerische Stimmung zu stören? – Order an die Wache: Bringt den Kerl in den Kerker!

17.
DIE HAND GOTTES

Theodora wanderte mit ihrem Freund Emanuel hoch in den winterlichen Bergen. Beide hielten sich an den Händen und erfreuten sich an der himmlischen Pracht, die die Natur darbot. Da stürzte sie unversehens auf spiegelndem Eis und glitt einen steilen Hang hinunter, vergeblich Halt suchend bei Emanuel, der mitgerissen wurde.

Er stürzte unrettbar in die Tiefe, denn er fand weder Stein noch Ast, an dem er sich hätte festhalten können. Theodora aber wurde gegen einen aus dem Schnee ragenden Baumstumpf geschleudert, der sie verletzte, jedoch im so gebremsten Absturz konnte sie sich an einen spärlichen Zweig klammern, der sich ihr entgegenstreckte. Dort vermochte sie auszuharren bis sich Retter für sie einstellten. Der Freund jedoch war verloren.

Theodora trauerte viele Jahre um Emanuel, ward sehr fromm, verbrachte viel Zeit mit geistlichen Übungen und kündete von der rettenden Hand Gottes, die sich ihr als unscheinbarer Zweig entgegengestreckt habe.

* * *

Es war lange Zeit später, im Gedränge der Stadt, da spürte sie einmal einen kurzen Ruck an ihrer Seite, und sie bemerkte sofort, daß die Hand eines Diebes aus der Tasche ihres Mantels die Geldbörse entwendet hatte. Sie war empört über die Dreistigkeit des Räubers, ihr Anstand, gar ihre Frömmigkeit fühlten sich verletzt.

Der Bösewicht mußte gefaßt werden. Theodora verlangte ihr Recht, bei der Polizei Anzeige erstattend, doch diese konnte des Täters nicht habhaft werden. Sie aber beharrte weiter auf Ahndung des Überfalls, brachte die Sache gar vor Gericht, aber auch hier ohne Erfolg.

In ihrer Verzweiflung über die Ungerechtigkeit der Welt und den Verlust einer Summe Geldes suchte Theodora Trost bei dem ihr vertrauten Geistlichen. Sie führte zornige Klage, wollte Genugtuung und verlangte sogar, daß die kirchliche Obrigkeit ihre Angelegenheit verfolge.

Da streckte im Gespräch der Geistliche ihr die Hand entgegen, zog ihre Hand in die seine und sagte: Ergib dich in dein Schicksal, Theodora, glaub', daß es die Hand Gottes war, die dir die Geldbörse nahm. ER mußte es vielleicht tun, um einem Hungrigen schnell helfen zu können. Sei aber gewiß, daß damals der Zweig, der dein Leben rettete, nur ein trokkenes Holz war und nicht die Hand Gottes.

18.
EINE AUSWAHL

I.

Noch am Tage seiner Ankunft in Mannheim, nach umständlicher Reise von Jena kommend, wollte er dem berühmten Schriftsteller August von Kotzebue seine Aufwartung machen, denn ohne Verzug sollte die im geheimen gehegte vaterländische Tat vollbracht werden. Er, der Theologiestudent Carl Ludwig Sand, hatte zuvor niedergeschrieben:

„*… weiß nichts Edleres zu thun, als den Erzknecht und das Schutzbild dieser feilen Zeit – dich Verderber und Verräther meines Volkes – August von Kotzebue – niederzustoßen! …*"

Und so geschah es auch. Über den Hergang dieses Ereignisses, welches in der deutschen Geschichte nicht ohne bedeutende Folgen blieb, lesen wir in einem zeitgenössischen Bericht, der noch im Jahr 1819 erschien:

Dienstags den 23. März d. J. kam in Mannheim, in dem Gasthause zum Weinberge ein junger Mann zu Fuß und ohne alles Gepäck an, welcher sich auf das Befragen des Wirthes für einen Studenten aus Erlangen, Namens Henrichs, ausgab. Bald nach seiner Ankunft erkundigte er sich bei den Wirthsleuten sorgfältig nach der Wohnung des Herrn von Kotzebue und begab sich gleich darauf nach dem Hause desselben, wurde aber abgewiesen, indem Herr von Kotzebue nicht zu Hause sey. Der Student wiederholte den Besuch des Nachmittags nochmals, und da er denselben abermals nicht antraf, so begab er sich Abends gegen 5 Uhr wieder zu ihm. Er ließ sich als einen Landsmann von Herrn von Kotzebue melden, und dieser, der nebst seiner Familie gerade große Gesellschaft bei sich sah, empfing den Studenten allein auf seinem Zimmer. Dieser fragte ihn beim Eintritte, wie es der Diener noch vernahm: „sind Sie Kotzebue?" und stößt auf dessen Bejahung ihm einen zwölf Zoll langen Dolch bis an's Heft in's Herz, giebt ihm einen zweiten Stich in den Mund, und als er niederstürzt, noch drei tiefe Stiche in den Unterleib. Auf das entstandene Geräusch stürzen Frau von Kotzebue nebst ihren Töchtern und Bedienten herbei, und finden Herrn von Kotzebue auf der Erde liegend und in seinem Blute schwimmend. Alle müssen der Wuth des Mörders weichen. Mit dem blutigen Eisen in der Hand, und mit den Worten: „Wer mir naht, ist des Todes!" stürzt er die Treppe hinunter, der Hausthüre hinaus, kniet auf der Straße nieder; ruft in wilder furchtbarer Begeisterung: Heil Teutonia; es ist vollbracht! zieht dann einen zweiten Dolch und durchbohrt sich zweimal die Lunge. Sinnlos sank er hierauf nieder. Da gerade die Stunde des Theaters herannahete, so sammelte sich schnell eine zahlreiche Volksmenge um den unseligen Thäter; man brachte ihn in das Hospital.

Herr von Kotzebue war indessen aller angewandten Hülfe ungeachtet, nicht mehr zu retten; er verschied wenige Minuten nach der Ankunft seiner Gattin im Zimmer in deren Armen.

So starb August von Kotzebue, Kaiserl. Russischer Staatsrath, Vater von 14 Kindern und einer der Lieblingsschriftsteller unserer Nation.

Carl Ludwig Sand, der sich nach dem Anschlag auf Kotzebue selbst töten wollte, überlebte dank seiner kräftigen Konstitution, so daß er von der Obrigkeit in Gewahrsam genommen werden konnte. Die Untersuchungskommission führte dann die Ermittlungen mit größter Genauigkeit durch, da die politischen Implikationen offensichtlich waren. Sand bekannte sich bei den Vernehmungen zu den patriotischen Absichten seines Handelns, er zeigte keine Reue, und sein Todesurteil empfing er in würdiger Haltung. Auf dem Schafott waren seine letzten Worte: *„Du weißt es, Gott, daß ich es gethan für Deutschlands Wohl!"* Dann holte der Scharfrichter zum tödlichen Streich aus.

Wir Heutigen sehen mit Verwunderung zwei nachmals eingerichtete Ehrengräber in Parzelle I.5 auf dem Friedhof in Mannheim, beide nur wenige Schritte voneinander entfernt: zum Gedenken an den Täter mahnt ein aufragender Obelisk, über dem Grab des Ermordeten ein erdrückend niedriger Steinblock, gestützt von zwei Theatermasken.

II.

Ganz ohne Umschweife, und brutal in ihrer Absicht, schlichen zwei bewaffnete Männer zu dem Haus, das sie als Logis von Theodor Lessing, dem aus Hannover geflohenen jüdischen Professor, ausgespäht hatten. Jenseits der Grenze, hier im ausländischen Marienbad, hatte er gehofft, zunächst Sicherheit zu finden vor der Bedrohung durch nazistischen Mob, der ihn in seinem Vaterland verfolgte.

Das geschah am 30. August 1933 – zu später Stunde lehnten eben diese zwei Männer eine Feuerwehrleiter, die sie zuvor im Nachbardorf entwendet hatten, an die Hauswand. Einer von ihnen stieg hinauf zu dem Fenster, hinter dem im Schein einer Lampe der Gesuchte sichtbar war. Aus einer Pistole wurden zwei Schüsse abgefeuert, und Lessing brach verblutend zusammen.

Der Mordanschlag wurde geleitet von einer dritten Person mit Vornamen Karl, die aus Deutschland angereist war, sich aber im Hintergrund hielt. Die Handlanger und unmittelbaren Täter waren der deutsche Gelegenheitsarbeiter Eckert, sowie der Hoteldiener Zischka, beide besaßen zu jener Zeit die tschechoslowakische Staatsangehörigkeit.

Eckert wurde am 30. August(!) 1946 von der tschechoslowakischen Justiz wegen dieses Verbrechens zu einer langjährigen Gefängnisstrafe verurteilt. Ein späteres gerichtliches Verfahren gegen Zischka in der Bundesrepublik Deutschland fand durch dessen Tod seine Erledigung; vom Beschuldigten „Karl" konnten die Personalien durch die Behörden nicht ermittelt werden.

III.

Es war eine junge Frau aus gutem Hause, Susanne Albrecht, die am 30. Juli 1977 sich an der Gartenpforte einer Villa meldete und Einlaß begehrte, um den mit ihr bekannten Bankier Jürgen Ponto, den sie Onkel nennen durfte, zu sprechen. Die Familie Ponto wohnte in Oberursel im Taunus, wo viele Mitglieder der Frankfurter Geldaristokratie ihre herrschaftlichen Anwesen hatten. Susannes Stimme war den Hausbewohnern in Oberursel vertraut, so daß man der Besucherin die Tür öffnete. Sie hatte noch zwei befreundete junge Leute mitgebracht, modisch und adrett gekleidet, und, wie es schicklich war, überreichten diese den Gastgebern einen Blumenstrauß.

Man hielt sich auf der Terrasse auf, und als der Hausherr sich um eine Vase bemühte und ins Haus ging, folgten Susannes Begleiter ihm in eines der Zimmer. Dort zogen sie unvermittelt ihre verborgen gehaltenen Pistolen, um den Bankier zu überwältigen. Als dieser sich wehrte, schossen sie mehrfach auf ihr Opfer. Ponto war tödlich getroffen, er stürzte zu Boden, auch die schnelle Überführung in eine Klinik konnte sein Leben nicht mehr retten. – Die drei Täter entkamen mit einem Auto, welches vor dem Haus bereitstand, mit einem Komplizen am Steuer.

Es dauerte einige Jahre, bis der Zugriff desjenigen Staates, den die Attentäter im Kern treffen wollten, alle Beteiligten an dieser grauenvollen Aktion, die zur „zweiten Generation der RAF" gehörten, erreichte: die Türöffnerin Albrecht, die Mordschützen Mohnhaupt und Klar, auch den Fahrer Boock. Nach längeren Verfahren ergingen die unterschiedlichen Urteile der Gerichte, bis hin zu einer mehrfach lebenslänglichen Freiheitsstrafe.

19.
INTERESSANTE JAHRGÄNGE

1729   Gotthold Ephraim Lessing

1739   Carl Ditters von Dittersdorf

1749   Johann Wolfgang von Goethe

1759   Friedrich von Schiller

1769   Napoleon Bonaparte

1779   Friedrich Carl von Savigny

1789   Friedrich List

1799   Aleksander Puschkin

1809   Charles Darwin

1819   Theodor Fontane

1829   Carl Schurz

1839   Modest Mussorgskij

1849   August Strindberg

1859   Kaiser Wilhelm II.

1869   Mohandas Karamchand Gandhi

1879   Josef Stalin

1889   Adolf Hitler

1899   Al Capone

       etc.

20.
EINE MERKWÜRDIGE KOLLEKTION

Seine private Bibliothek maß ein Vielfaches seiner Schlafstube. Letztere war eine bescheidene Kammer nebenan, für die Bücher jedoch hatte er das größte Zimmer vorbehalten, das in seinem Haus verfügbar war. Ja, es war ihm trotzdem nicht möglich, alles Gedruckte, ob groß oder schmal, Folio oder Oktav, in den Regalen unterzubringen, weshalb so manches hier und da auf kleinen Tischchen oder auch Kartons am Boden noch herumlag.

Er, keineswegs ein Sonderling, aber doch in seinem Ruhestand – so nannten es die anderen, obwohl er mit ziemlicher Lebhaftigkeit umgetrieben wurde – mit manch vielleicht ungewöhnlichem Vorhaben beschäftigt, war voller Unrast, denn die unterschiedlichsten Vorstellungen gingen ihm fast gleichzeitig durch den Kopf.

Eben noch war er von Stahlstichen einiger bedeutender Kathedralen in Frankreich gefesselt, als ihm – hier nicht hergehörig – ein Portrait von Dittersdorf in die Hände kam und seine Aufmerksamkeit auf die Opernwelt im kaiserlichen Wien, und dann auf die bescheidene Hofkapelle des Fürstbischofs von Breslau gelenkt wurde. Doch unversehens schifften seine Gedanken oderabwärts nach Glogau, so daß er sich gedrängt fühlte, über Gryphius nachzuschlagen.

Als er die unsichere Holzleiter hinaufstieg, um in einem der oberen Fächer ein älteres Lexikon hervorzuziehen, fiel ihm durch Ungeschicklichkeit ein Kästchen herunter mit Notizen und verschiedenen Reproduktionen, die er inzwischen vergessen hatte, welche aber seinerzeit ihn sehr beschäftigten.
– Nun kniete er am Fußboden, um das Verstreute einzusammeln, und flugs waren seine Gedanken bei diesem neuen Thema. Zwischen den Zetteln sah er die Bilder von posierenden Feldherren, von Königen hoch zu Pferde, auch von Päpsten im Ornat und lorbeerbekränzten Kaisern aus dem antiken Rom, sowie von anderen Großen der Geschichte.

Und hier in seinem Bücherparadies, gebückt auf den Knieen, kam es ihm wieder ins Gedächtnis, daß er ein Essay hatte verfassen wollen über das Ärgernis, daß auf keiner der kunstreichen Abbildungen das Blut der ungezählten Opfer an den Händen der Herrscher dargestellt wurde, obwohl gewiß das Rot auf der Palette der Künstler nicht eingetrocknet war. (An dem besonderen Rot hatte es den Hofporträtisten nie gemangelt, da sie es doch in Schlachtenbildern mit Effekt zu verwenden wußten.)

* * *

Seit sich das Geschilderte ereignete, sind Jahre vergangen. Wie früher sind Kriege und andere Plagen über die Menschen gekommen, und der Held unserer Erzählung ist verstorben. Ein unwahrscheinlicher Zufall hat das Kästchen von dem

Verlust der Büchersammlung ausgenommen, und wir möchten, damit die Erinnerung an die Episode nicht verblaßt, einige wenige Bilder aus der seltsamen Kollektion an dieser Stelle anfügen.

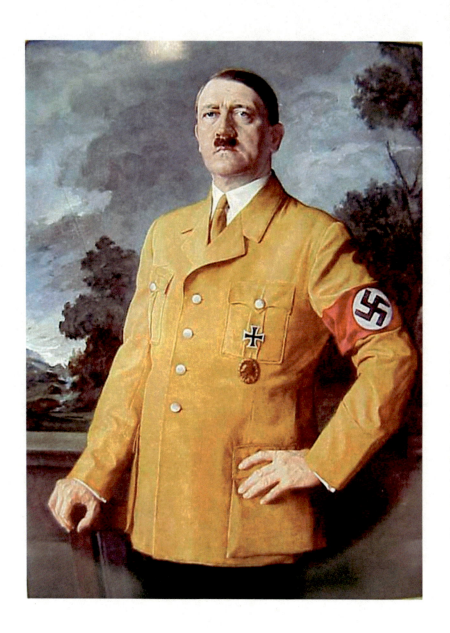

ANMERKUNGEN

S. 13 Dettingen am Main, heute Ortsteil von Karlstein in Unterfranken, Schlacht bei D. im Österreichischen Erbfolgekrieg

S. 22 siehe Voltaire, ANNALES DE L'EMPIRE DEPUIS CHARLEMAGNE; Bd. II

S. 37 Siegmund Nissel, geb. 3.1.1922 in München

S. 39 Henry Meyer, geb. 29.6.1923 in Dresden

S. 42 I. Inschrift auf dem Grab von Vergil in Neapel:
Mantua hat mich geboren
Calabrien hat mich hinweggerafft
Jetzt hat mich Parthenope
Ich habe Hirten, Bauern und Fürsten besungen.
II. Inschrift auf dem alten Denkmal für Joseph Haydn in seinem Geburtsort Rohrau im Burgenland

S. 45 H. + K. aus Matthias Claudius, Sämtliche Werke des Wandsbecker Bothen

S. 52 K. Sorgenicht, Abt.ltr. im ZK der SED,
Mitgl. des Staatsrates der DDR, etc.
H. Felber, Generalmajor, MfS
Mitgl. des ZK der SED, etc.
A. Schalck-Golodowski, Mitgl. des Politbüro,
Mitgl. des ZK der SED, etc.
W. Schwanitz, Generalleutnant,
Stellv. Minister f. Staatssicherheit, etc.

S. 60 Fürst Herrmann von Pückler – Muskau,
Tutti Frutti – Aus den Zetteltöpfen eines Unruhigen
S. 63 Heinrich Heine, Aus den Memoiren des
Herrn von Schnabelewopski
S. 65 M. E. Sosnowski, Lebensabriss des Grafen
Eduard Raczynski, Posen 1885
S. 69 aus WANDA (Der Dämon), Roman von Gerhart Hauptmann
S. 73 Kranichstein, Jagdschloß der Landgrafen von Hessen-Darmstadt
S. 77 siehe G. Heydemann, Carl Ludwig Sand, Hof 1985, und
Ohne Verf.: August von Kotzebue, Mannheim 1819
S. 80 siehe Staatsanwaltliche Akten bei „Zentrale Stelle der Landesjustizverwaltungen" in Ludwigsburg
S. 81 siehe Tobias Wunschik, Baader-Meinhofs Kinder, Opladen 1997
S. 89 Ludwig XIV., König von Frankreich
S. 91 Napoleon I., Kaiser der Franzosen
S. 93 Josef Stalin, Generalissimus
S. 95 Adolf Hitler, der Führer

INHALT

Hinweis 5

1. Ein November in Paris 7
2. Dettingen 13
3. Vor hundert Jahren 14
4. Nachdenken über Geschichte 16
5. Das Grundgesetz 21
6. Die Heilige Römische Kirche 28
7. Zwei Wahrheiten 34
8. Deutschland, Deutschland über ... 37
9. Memento 42
10. Ein Datum 43
11. Das Kleine und das Große 45
12. Beiträge zu einigen Wissenschaften 46
13. Totenruhe 56
14. Von zwei alten Kathedralen 63
15. Ein wunder Punkt 69
16. Ein gestörter Ausflug 73
17. Die Hand Gottes 75
18. Eine Auswahl 77
19. Interessante Jahrgänge 83
20. Eine merkwürdige Kollektion 85

Anmerkungen 97